KB198883

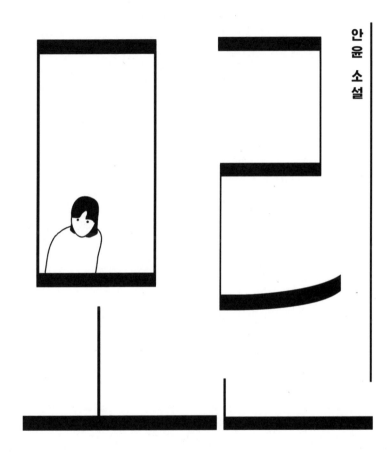

안 윤 소 설

문학동네

차례

모린

모린은 유일한 사람이었다. 유일한 사람을 사랑하는 일은 그를 제외한 나머지 모든 것을 그럭저럭 견딜 수 있게 된다는 의미다. 유일한 사람은 죽어서도 죽지 않는다. 죽음은 죽음일 뿐이라고, 죽으면 다 끝이라고 떠들어대는 사람들은 벗은 몸을 제대로 보지 못하면 사랑할 수도 없다고 생각하는 부류다. 그들이야말로 눈먼 자들이다.

요제프 코발스키(Józef Kowalski, 1928~1984)의 『보이지 않는 것들Invisible Things』에서 모린이라는 이름은 딱 한 번 등장한다. 책에서 코발스키의 연인이었던 모린의 나이나 인종, 성별 등은 언급조차 되지 않는다. 모린은 유일한 사람이었다. 이

한 문장만이 모린을, 그들의 사랑을 말해줄 뿐이다. 나는 그 문장을 읽을 때마다 빗장뼈 아래 가슴께를 가만가만 문지르곤 한다. 이 실금 같은 통증이 내가 나에게 하는 거짓말은 아닐까 되물으며 가슴께를 문지르던 손끝으로 책 속 문장에 밑줄을 긋는다. 영은이 무릎 위에 점자정보 단말기 한소네를 올려놓고 점자셀을 어루만지던 모습처럼 허리를 꼿꼿이 세우고 종이를 더듬는다. 묵자는 만져지지 않는다. 묵자는 검기만 하다.

매미가 운다.

암컷 매미를 벙어리매미라고 부르기도 한다고 알려준 것은 영은이었다. 너무하지 않아요? 울 필요가 없을 뿐인데 벙어리라니. 불어오는 바람에 얼굴을 내밀며 영은이 투덜거렸다. 나는 영은의 이마에 맺힌 땀방울을 보고 있었다. 작은 땀방울들이 햇볕에 반짝이고 있다고 영은에게 일러주었다. 영은이 손을 뻗어 내 이마의 땀을 훔치고는 손바닥을 펼쳐 보이며 말했다.

반짝반짝.

매미 울음소리가 한결 커졌다. 책을 덮고 고개를 젖혀 나무를 올려다보았다. 매미가 울자 플라타너스도 운다. 울고 싶은 건 나인데. 내가 울고 싶은가. 온몸으로 울고 싶은가. 시커먼 모기가 팔꿈치로 달려들기에 입바람으로 쫓아냈다. 울고 싶은 와중에도 모기에게 빨리는 피를 아까워하는 내가 우습다. 참았다가 집에 가서 울어야지. 샤워를 하고 차디찬 맥주를 마시면서, 맥주 캔이 탁자 위에서 조용히 우는 걸 잠자코 지켜보면서 울어야지.

일요일 한낮 주공아파트 단지에는 인적도 한 줄기 바람도 없다. 딱히 뭐가 있는 풍경을 보려고 매번 1902동 앞 벤치에 앉아 있는 것은 아니지만. 처음에는 고객 정보 창에 적힌 주소가 실재하는지, 그곳에 내게 자필 사과 편지를 요구한 고객이 정말 살고 있는지 궁금해서 한번 와보고 싶었을 뿐이었다. 마침 고객 주소지가 집에서 멀지도 않았다. 1902동 입구에서 사십대 후반으로 보이는 남자가 나오면 저 사람이 그 고객일까, 그의 어머니 무릎은 나아졌을까 생각해보긴 했지만, 일면식도 없는 사람을 무작정 기다린다고 알아볼 수 있는 것은 아니었다. 일주일쯤 지나서야 내가 벤치에 오는 목적이 고객의 얼굴을 보기 위해서가 아니라는 걸 알았다.

없습니다.

그 한마디 때문이었다. 고객에게 그 한마디를 못 해서 퇴근길에 1902동 앞 벤치에 앉아 해가 기울 때까지 매미 울음소리를 들었다. 없습니다. 연습처럼 혼자 중얼거렸다. 누군가에게 대답할 일이 또 생길지도 모르니까. 그때는 태연하게 대답하고 싶었다. 없습니다. 없습니다. 그러고 있자면 고객이 아니라 할머니가 보고 싶어졌고 염치없이 영은이 그리워졌다. 그런 마음을 이기지 못할 때면 보현에게 문자를 보냈다.

편의점 맥주 어때?

좋지. 종현이 밥 좀 챙겨주고. 넌 어디?

나 벤치.

왜 거기 가 있냐, 일요일에.

갈 데가 없잖아, 내가.

이제 생겼네.

*

사람들을 봐요. 내가 본다고 말하는 게 적절하지는 않겠지만요. 일하다보면 별의별 사람을 만나게 되잖아요. 들여다보면 신기하게도 다들 각자 나름의 사정이 있는 거예요. 근데 속사정을 다 말할 수는 없으니까, 사실 말로는 잘 표현이 안 되니까, 이상하고 이해할 수 없는 행동을 하는 거죠. 누군가가 이상한 말이나 행동을 하면 그런 생각이 들어요. 저게 저 사람이 말할 수 없는 사정이구나 하는. 그러면 욕을 퍼붓다가도 좀 슬퍼져요. 우리가 서로에게 '말할 수 없음' 폭탄 돌리기를 하고 있구나 싶어서요. 누군가를 실컷 욕해도 좀처럼 속이 후련해지지 않는 건 그게 실은 욕할 일이 아니라 슬퍼할 일이어서 그런 것 같아요. 간혹 사람들이 나를 두고 앞 못 보는 게 벼슬이냐고 따져 물을 때, 장애를 극복하고 반듯하게 자랐다며 대단하다고 치켜세울 때, 내게는 그 말이 모두 이상하고 슬프게 들려요. 나는 나로 살고 있을 뿐이지 뭘 바라고 사는 게 아니니까요. 사실 나라고 뭐 다르겠어요. 그렇다고 해도 미란씨, 우리 내 슬픔이 아닌 슬픔을 너무 슬퍼하지는 마요.

*

1902동 고객이 무릎마사지기를 주문한 것은 한 달 전이었다. 그는 배송을 받자마자 고객센터로 전화를 했다. 당장 환불해주세요. 이건 오늘 가져가시고요. 반품 사유는 주문한 상품과 다른 상품이 배송됐다는 것이었는데 제품 모델은 주문 결제 내역에 적힌 것과 동일했다. 같은 브랜드의 마사지기를 할머니에게 사드린 적이 있어 낯익은 제품이었다. 자세히 보니 상품 상세페이지에 출고 시점에 따라 버튼 색상이 다를 수 있다는 문구가 작게 적혀 있었다. 나는 판매자 확인 후 연락드리겠다고, 죄송하지만 당장 환불은 어렵다고 응대했다. 그 어려운 일 하라고 거기 앉아 있는 거 아니에요? 쉬우면 내가 하고 말지 왜 고객센터에 전화합니까?

그후 고객은 매일 열한시 오십오분쯤 전화를 해 나를 찾았다. 점심시간 오 분 전이었지만 지명콜이었기 때문에 곧바로 콜백을 할 수밖에 없었다. 판매자는 버튼 색상의 차이가 미리 공지된 사항이며 상품에는 하자가 없으므로 반품비를 고객이 부담해야 한다고 했고, 고객은 자신이 잘못한 게 없으니 반품비는 절대 낼 수 없다고 했다. 판매자는 고객센터에서 셀러포인트를 지급해주면 회수 접수를 하고 변심 반품으로 처리하겠다고 했고, 파트장이 판매자에게 셀러포인트를 지급했다. 나는 고객에게 회수 접수를 해도 택배기사는 하루나 이틀 뒤에 방문하니, 자택에 계시지 않을 예정이라면 위탁 장소에 맡겨달라고 안내했다. 고객은 제품을 분실하면 또 자기 책임으로 돌릴 것 아니냐며 소리쳤고 본인은 주말에만 집에 있으니 택배기사를 주말에 보내라고 요구했다. 그렇게 상품 회수까지 닷새, 신용카드 승인 취소까지 일주일이 소요되었다. 환불이 완료된 후에도 고객은 전화를 걸어 김미란 상담원을 찾았다. 고객센터의 잘못된 응대에 대한 보상쿠폰과 포인트, 통화요금 및 물리적 시간과 심리적 피해에 대한 추가 보상을 요구했다. 어머니 드릴 거였다고요. 노인네가 무릎이 아프대서 주문한 건데 일을 이따위로 합니까? 제가 화가 나요, 안 나요? 김미란 상담원도 어머니가 있을 거 아니에요? 예?

다음날 고객은 오늘이 마지막이라면서 또다시 나를 지명했다. 자필로 사과 편지를 써서 우체국 등기로 보내라는 거였다.

나는 고객이 불러주는 대로 타이핑했다. '저희 쇼핑몰을 애용해주시는 고객님께'로 시작하는 편지는 한글 파일 두 쪽 가까이 되었고 상담 시간은 사십칠 분을 넘어가고 있었다. 모니터 화면 위에 사내 메신저 쪽지가 떴다. 뭐 때문에 그래요? 고객이 사과 편지 쓰래서 받아쓰고 있어요. 답장이 왔다. 미친. 파트장이 보낸 미친과 마침표로 종결된 문장을 잠시 멍하니 바라보았다. 일단 마무리하세요. 블랙컨슈머팀으로 이관합시다.

마지막으로, 하면서 고객은 침을 삼켰다. 그동안 말은 안 했지만 김미란 상담원은 목소리가 너무 우울하다고, 좀 밝고 명랑하게 응대해야 고객 평가도 높게 받고 앞으로 파트장도 되고 팀장도 될 게 아니냐고 했다. 마지막으로 인생 선배로서 말하건대, 진짜 진상 고객도 많을 텐데 그런 인간들에게 지금 같은 목소리로 대하면 될 일도 안 된다고, 그동안의 정으로 충고하는 거니 기분 나쁘게 생각하지 말라고도 했다. 소중한 의견 감사드립니다, 고객님.

칼 들고 찾아오지 않은 것만으로도 다행이라며 옆자리 지선이 나를 위로했다. 이런 일을 다행으로 여기는 게 맞는 건지 알 수 없었다. 누군가를 향한 측은함이 때로는 무례함으로 변모한다는 사실을 어떻게 받아들여야 하는지도. 언니, 그런 미친 놈은 얼른 잊어버려요. 그게 정신 건강에 좋아요. 지선이 책상 서랍을 열어 보였다. 안에는 은박지에 싸인 초콜릿과 색색의 젤리, 갖가지 맛의 사탕이 들어 있었다. 하나 골라요. 치아 건강에 해로울 것 같은 그것들을 내려다보며 지선이 흐뭇하게 웃었다. 나는 동전 모양 민트초콜릿을 집었다. 역시 언니도 민초파? 그때 지선의 자리에서 전화벨이 울렸다. 지선은 민트초콜릿을 한 움큼 집어 내 책상에 올려놓고 헤드셋을 고쳐 쓴 뒤 한껏 명랑한 목소리로 상담을 시작했다. 나는 휴게 버튼을 클릭하고 초콜릿 하나를 입에 넣었다. 아직 모니터에 떠 있는 고객 정보를 보며 눈을 껌뻑였다. 입안이 달면서도 씁쓸했다. 미친, 두 음절을 발음할 때처럼.

전에도 있지 않았어?

보현이 김이 피어오르는 만두를 편의점 테이블 위에 내려놓았다. 처음 고객센터에 입사하고 일 년쯤 되었을 때도 한 고객에게 비슷한 말을 들은 적이 있었다. 목소리가 왜 그렇게 우울해요? 마치, 왜 이렇게 배송이 안 돼요? 보상쿠폰 안 줘요? 하고 따져 묻는 것 같은 말투였다. 그날 저녁도 이 자리에서 보현과 맥주를 마셨다.

그래서? 정말 그렇게 우울해?

막 명랑하지는 않지.

보현이 마지막 만두를 내 앞으로 밀어주었다.

불쌍해서 주는 거야?

하나도 안 불쌍해.

만두는 우리 서여사인데.

할머니 만두 끝내주지.

나는 만두를 한입에 욱여넣고 우물우물 씹었다. 할머니가 빚은 만두가 어떤 맛이었는지 도무지 기억나지 않았다. 맛이란 원래 그런 건가. 맛있었다는 기억만 남고 맛은 사라지고 없었다. 이럴 줄 알았으면 많이 먹어둘걸. 기억나지 않는 맛이 눈물샘을 쉽게 자극한다는 걸 너무 뒤늦게 알았다.

휴지를 꺼내 코를 풀었다. 코만 풀려고 했는데 왈칵 눈물이 쏟아졌다. 참으려고 종일 애썼는데 다 망했다. 보현 앞에서 나는 자주 망한다. 아니다. 내가 우는 건 암컷 매미가 벙어리라는 오명을 쓰고 있기 때문이고 편의점 만두에서 할머니의 손맛을 느낄 수 없기 때문이지 다른 이유는 없다. 어디선가 매미가 이응 이응 이응 이으응 하고 울어댔다.

편의점 도시락을 사서 천변을 따라 집 쪽으로 걸었다. 보현이 휴대폰 메모장을 열어 틈틈이 적어둔 이름들을 불러주었다.

괜찮은 이름 없어?

나는 연신 고개를 저었다. 듣기 좋은 이름들이었지만 어쩐지 나와는 어울리지 않는 것 같았다. 마음에 드는 이름이 좀처럼 나타나지 않아 개명을 하겠다는 내 계획은 매년 미뤄졌다. 이따금 고객 정보 창에서 괜찮은 이름을 발견하기도 했지만 다음날이 되면 기억나지 않았다. 그럼 그건 애초부터 나와 어울리지 않는 이름이었다고 생각했다.

보현 어때? 김보현.

이상한 거 같은데.

난 네 이름 좋더라.

이상해.

한번 불러줘봐.

싫은데.

매정하네.

걷다보니 땅거미가 졌다. 무더운 공기가 가슴을 짓눌렀다. 땀으로 끈적한 목덜미에 여름밤이 달라붙었다. 보현과 나는 발등을 내려다보며 말없이 걸었다. 내가 왜 이름을 바꾸고 싶어하는지 보현은 물은 적이 없다. 보현과 나는 서로에게 정말 궁금한 것은 잘 묻지 않는 편이다. 종현이 발작은 요즘 어때? 매일 주민등록증만 발급하는 거 지겹지 않아? 나는 보현에게 묻지 않는다. 아버지란 사람 이제 연락 없어? 상담 다녀온 건 어땠어? 보현도 내게 묻지 않는다. 물어보지 않는다는 것을 상대방이 알아차리게 하는 방식으로 서로에게 묻는다. 우리가 서로를 같은 이름으로 부르는 건 아무래도 이상할까? 나는 묻지 않았다. 보현이 나 몰래 미뤄둔 질문들을 꺼낼까봐 겁이 났다.

갈림길에서 보현이 손을 흔들었다. 무서우면 전화해. 뒤를 돌아보며 소리쳤다. 됐어. 나는 늘 그렇게 대꾸해놓고 늦은 밤 종종 보현에게 전화를 걸었다. 이제 혼자인데 집만 커서 그런가봐. 거실에 불이라도 켜. 이사해야 할까. 할 마음도 없으면서. 그렇게 몇 마디 주고받고 나면 숨이 좀 쉬어졌다. 그저께는 자정이 넘어 보현에게 전화를 걸었다.

보현아.

어.

나 언제 나아질까.

……

……

갈까?

됐어.

뭘 맨날 그렇게 됐냐, 넌.

미안.

자. 자려고 해봐.

전화를 끊고 거실로 나가 성모상과 나란히 놓인 할머니 사진 앞에 앉았다. 초에 불을 붙이고 타들어가는 심지를 지켜보았다. 우리 똥강아지, 잘 적엔 불 꼭 끄고. 입꼬리가 살짝 올라간 서복순 여사가 속삭였다. 어둠 속에서 촛불이 일렁이고 누런빛이 벽을 따라 울렁울렁 춤출 때마다 할머니를 떠올렸다. 떠올릴수록 할머니와 가까워지는 것도 같았지만 결국은 할머니가 곁에 없다는 사실만을 실감했다. 할머니가 쓰던 돋보기 안경, 가죽 커버에 서세실리아라고 각인되어 있는 성경책, 낡은 묵주와 얄팍해진 방석을 쓸어보다가 불쑥 영은의 이름을 작게 불렀다. 잘 있나요. 청승을 부리는 내가 우습고 뻔뻔해서 두 입술을 세게 꼬집었던 밤.

메시지를 보낸 것은 나였다. 지난겨울, 영은이 선주와 함께 할머니 장례식장에 다녀간 새벽이었다. 밤새 곁에 남겠다는 영은을 선주에게 부탁해 집으로 돌려보내고 다시 조문객들의 인사를 받았다. 식장 구석에서 잠깐 눈을 붙였다가, 보현이 가져다준 육개장을 몇 술 떴다. 열이 오른 머리를 식히려고 식장을 나와 외부 주차장으로 이어지는 지하 복도를 걸었다. 영하의 날 선 바람에 매캐한 담배 연기가 섞여 캄캄한 복도로 모질게 밀고 들어왔다.

시간이 좀 필요해요.

그래야만 한다고, 차가운 복도 벽에 기대어 생각했다. 나 자신도 채 납득하지 못한 마음이 고집을 세웠다.

영은에게서 잇달아 답이 왔다.

얼마나 걸릴까요.

걸릴 만큼 걸리려나요.

*

서복순 여사, 서세실리아, 나의 엄마의 엄마. 할머니는 열여
덟에 시집을 와 이남일녀를 낳았다. 이남일녀의 자식 중 둘을
앞세웠다. 십여 년 넘게 아픈 시부모 수발을 들었고 시부모가
돌아가시고 나서는 암 투병하는 남편의 곁을 지켰다. 그러는
동안 돈이 되는 일이라면 닥치는 대로 했다. 자식을 키우고 손
녀인 나까지 먹이고 입혔다. 이래저래 살고 보니 일흔이 훌쩍
넘었다고 했다.

어떻게 그걸 다 견뎠어, 할머니?

견딘다는 생각이나 했나. 열심히 산다고 산 거지.

다른 사람들 돌본다고 애만 썼네.

내 식구 돌보는 게 나 돌보는 거지. 그게 뭐 다를까.

다르지. 완전 다른데.

난 우리 미란이 키우면서 얼마나 좋았는데.

할머니는 나에 관해서라면 항상 다 예쁘다, 다 좋다고만 했다.

할머니가 쓰러지기 얼마 전이었다. 저녁상을 물리고 귤을
까먹으며 온수 매트 위에서 뒹굴고 있는데, 할머니가 『금강
경』을 읽어달라고 건넸다. 최근 몇 년 새 뭘 읽어달라거나 봐
달라는 일이 잦아졌다. 나는 책을 받아들고 목소리를 가다듬
었다.

세실리아 자매님, 이러셔도 돼요?

좋은 말씀은 다 통하는 거지요.

모로 누운 할머니의 짧고 둥근 종아리를 주무르며 나는 『금강경』을 소리 내어 읽어나갔다. 수보리여, 보살이 만약 모습과 생각에 물든 마음으로 나누고 베푼다면 이것은 마치 캄캄한 어둠 속에 있는 사람이 아무것도 볼 수 없는 것과도 같습니다. 그러나 수보리여, 보살이 만약 무엇에도 물들지 않는 마음으로 나누고 베푼다면 이것은 마치 눈 밝은 사람이 밝은 빛 속에서 가지가지 모습을 환히 볼 수 있는 것과도 같습니다. 거기까지 읽자 할머니의 다리가 점점 묵직하게 바닥으로 가라앉았다. 이윽고 다르랑 코를 골았다. 덮을 담요를 찾으러 일어서려는데 할머니가 혀로 입술을 축이며 눈을 떴다가 내 팔꿈치를 움켜잡고 부스스 일어나 앉았다.

깜빡 졸았네. 똥강아지 책 읽는 소리가 좋아서.

듣고 졸리면 그게 좋은 건가.

좋은 거지. 맘이 편하다는 거고.

할머니가 까슬한 손바닥으로 내 뺨을 쓸어내렸다. 언제나 왼쪽. 할머니의 오른쪽이자 나의 왼쪽. 할머니는 오른손으로 내 얼굴을 만지고 나는 왼뺨에 스치는 할머니 손바닥을 느낀다. 할머니와 내가 마주앉아야만 가능한 방향. 언젠가는 부은 종아리가 차갑게 식고 코골이도 들리지 않는 날이 올까. 할머니가 누런 이를 드러내며 웃을 때, 얼굴 위에 잔주름이 잡힐 때, 나는 언젠가는, 으로 시작되는 불길한 예감을 떨칠 수가 없었다. 종아리에 올라온 거뭇한 실핏줄처럼 세월이 할머니의 시간에 조금씩 균열을 일으키고 있다는 예감. 오고야 말 그 언젠가를 나로서는 미리 알 길이 없었다. 닥쳐올 내 앞날을 내가 알 수 없다는 것이 무엇보다 무서웠다.

할머니는 당뇨합병증을 늘 두려워했다. 발을 절단하거나 앞을 못 보게 되어 여생을 고통 속에 살게 될까봐 염려했다. 두려움이 밀려올 때면 성모상 앞에 무릎을 꿇고 기도를 했다. 데려가실 때는 부디 오래 아프지 않고 산뜻하게 떠날 수 있게 해주소서. 할머니 자신을 위한 기도 같았지만 실은 나를 위한 것이었다. 자신으로 인해 손녀인 내가 고생하지 않게 해달라는 기도. 할머니가 소망하던 대로 떠났으니 신의 축복일까. 나를 홀로 남겨두고 떠나는 것 역시 두려워했기 때문에 어쩌면 절반의 축복인지도 모른다. 그렇긴 해도, 하늘에 계신 누군가가 할머니의 고통을 덜어주셨다는 게 나는 무척 고마웠다.

*

열여섯 살 봄이었어요. 마지막으로 왼쪽 다리 깁스를 푼 날이었죠. 엄마가 밀어주는 휠체어를 타고 천천히 경사로를 내려오고 있었는데 순간 정수리와 얼굴이 따뜻해졌어요. 나도 모르게 고개를 들며 눈을 찡그렸는데 그걸 본 선주가 놀라서 물었어요. 보여? 빛이?

커다랗게 부푼 오렌지색 풍선 속에 갇혀 있는 것 같았죠. 모든 게 불그스름하고 흐릿하게 눌려 보이는 것 같았어요. 내가 마지막으로 목격했던 세상인 것도 같았고요. 아주 잠깐이어서, 기억인지 감각인지 확실히 알 수 없었죠. 그때 이미 내 시력은 돌이킬 수 없이 손상된 후였으니까 실은 아무것도 볼 수 없었을 거예요.

우리 세 사람은 병원 마당에서 봄볕을 쬤어요. 급할 게 없었거든요. 사고 이후 내 삶은 회복을 위해 흘러갔고 회복은 시간을 천천히 사는 일이니까요. 곧 온몸이 따뜻해졌어요. 내 안에 경직된 모든 부분이 부드럽고 연해지는 것 같았죠. 몸속 깊은 곳 어딘가가 따끔거리는 걸 느꼈어요. 내 몸에 박힌 몇 개의 철심이 아무도 모르게 반짝이고 있는 건 아닐까 생각했죠.

대체 뭐였을까요? 그 불그스름하고 흐릿한 빛은.

오랫동안 그 빛에 관해 생각했어요. 내게 남아 있었을지도 모를 시력과 가능했을지도 모를 미래에 관해서. 그 가정 앞에서 나는 매번 무너져내렸어요. 아주 나중에야 깨달았죠. 그 빛이 이별이었다는 걸, 앞으로 내가 맞이하게 될 모든 이별의 시작이었다는 걸요.

언젠가 미란씨가 조심스럽게 물었었죠. 꿈을 꾸느냐고요. 내 꿈은 컬러였다가 흑백이었다가 무색의 냄새가 되었어요. 가끔 나는 냄새를 꿔요. 내 눈에 맺혔던 이미지들은 이제 남아 있지 않아요. 더는 시력이 있었던 나와 없는 나를 비교하지 않아요.

미란씨는 무언가를 나중에 잃는 것보다는 처음부터 없는 게 나은 것 같다고 했었죠. 나중에 잃게 되는 건 너무 가슴 아프다고요. 둘 중 하나만 택해야 한다면 난 나중에 잃는 것을 선택할 거예요. 그건 두 세계를 살아보는 거잖아요. 어쩌면 세 세계인지도 모르죠. 있음과 없음, 그 둘을 연결하는 잃음. 나는 나한테 주어지는 모든 세계를 빠짐없이 살아보고 싶어요.

*

시각장애인 복지관에서 낭독 봉사를 시작하고 삼 년째에 접어든 겨울에 나는 요제프 코발스키의 산문 『보이지 않는 것들』을 벚꽃이 만개할 무렵까지 녹음했다. 첫 녹음을 마치고 집으로 돌아가던 토요일, 충동적으로 광화문행 버스를 타고 대형 서점에 갔다. 책을 읽고 오래간만에 마음이 간질거렸다. 여운이 좀처럼 가시지 않았다. 책을 산 뒤 집으로 돌아오는 버스 안에서 나는 뒤표지의 발췌 글을 여러 번 읽었다.

이 세계에는 여러 겹의 껍질이 있다. 어떤 인생은 한 겹의 껍질이 전부인 줄로만 알다가 끝난다. 단정지을 수는 없겠지만, 그것은 퍽 불운한 일이다.

나에게 있어 보이지 않는 것들에 관해 말하는 일은, 음악을 사진으로 찍어달라는 말과 다르지 않다. 음악은 음악이다. 음악 외의 다른 것이 될 수 없다. 그럼에도 나는 이 보이지 않는 세계를 음악으로 연주할 방법을 찾고 싶다. 보여줄 수 없다면 들려줄 수는 있지 않을까. 내가 듣는, 언제나 나를 둘러싸고 있는 이 음악을 온전히 연주할 수 있다면, 낯모르는 이의 귀에 울리게 할 수 있다면 이 세계는 그리고 우리 인생은 얼마나 달라질까. 나는 조율을 하려 피아노 뚜껑을 열어젖히고 손을 넣어 해머를 더듬을 때마다 그 방법이 피아노 안에 웅크리고 있지 않을까 상상하곤 한다. 누군가는 전부 부질없는 짓이라고 속삭일지도 모른다. 그러나 어느 순간 피아노 줄이 탕, 결연한 소리를 내며 끊어지는 것처럼 보이는 세계와 보이지 않는 세계를 가르는 관성이 끊어질지도 모를 일이다.

요제프 코발스키에 관해 알려진 사실은 많지 않다. 그는 폴란드에서 나고 자라 열여섯 살이 되던 해에 뉴욕으로 온 이민자였다. 사촌의 도움으로 브루클린에 정착한 지 얼마 되지 않은 스물한 살에 녹내장이 발병해 급속도로 시력을 잃었다. 평생을 피아노 조율사로 일하며 독신으로 살았다. 세 들어 있던 하숙방에서 피아노 줄과 밧줄을 엮은 끈으로 천장 기둥에 목을 매었다. 1984년 오월의 마지막 날이었고 그의 나이 쉰여섯이었다. 그를 발견한 사람은 매일 그에게 식사를 가져다주고 구두를 닦아주며 용돈을 벌었던 하숙방 주인의 아들 조지 오코너였다. 그날 요제프 코발스키의 방문은 잠긴 채였고 종잇조각 하나가 덕트 테이프로 붙어 있었다. 콘플레이크 상자를 찢어 뒷면에 쓴 쪽지에는 알아보기 힘든 글씨로 이렇게 쓰여 있었다. 사랑하는 조지, 절대 들어오지 말고 경찰을 부르거라.

요제프 코발스키의 유품 중에는 누렇게 변색된 일간지에 싸인 다섯 개의 카세트테이프가 있었다. 그의 조촐한 살림살이는 그가 카세트테이프에 남긴 유언에 따라 가깝게 지내던 가난한 이웃들에게 골고루 돌아갔다. 조지 몫의 카세트테이프에는 『보이지 않는 것들』이 코발스키의 목소리로 녹음되어 있었다. 후에 조지는 인쇄소에서 보조로 일하면서 코발스키의 육성 원고를 글로 정리했다. 몇 년 뒤에는 자비로 『보이지 않는 것들』을 작은 책으로 만들어 출판했지만 당시에는 주목을 받지 못한 채 절판되었다. 이 책과 요제프 코발스키의 존재는 오랫동안 입에서 입으로 전해지다가 맨해튼에 있는 한 고서점 주인의 페이스북을 통해 세간에 알려졌다. 그리고 십여 년이 더 흐른 뒤에야 편집자 일레인 카메론의 노력으로 다시 세상에 나왔다. 현재는 십여 개 언어로 번역 출간되었다.

『보이지 않는 것들』의 낭독 도서 제작을 신청하고 첫번째로 대출한 사람은 영은이었다.

『보이지 않는 것들』은 늘 내 가방 속에 있다. 나는 낭독 도서 녹음을 끝낸 지금까지도 하루하루 낡아가는 이 책을 종종 펼쳐 본다. 그해 겨울에서 봄 사이, 누군가가 듣게 될 것을 상상하며 내가 속한 세계에서 요제프 코발스키의 세계를 읽었다. 좁은 녹음실에서 소리 내어 읽다보면 책 속 화자의 목소리와 내 목소리가 겹쳐지는 듯했다. 그의 이야기는 내 이야기가 되었고, 낭독하는 순간만큼은 나도 그처럼 용기 있는 고백을 할 수 있는 사람이 되었다. 녹음 파일을 확인할 때면 내 목소리가 타인의 것처럼 사뭇 다르게 들렸다. 내가 나로부터 얼마간은 멀어지는 것 같았고 해방감을 느꼈다. 그 감각이 나를 들뜨게 했다.

지금은 내가 첫 장부터 마지막 장까지 모두 읽고 녹음했다는 사실이 멀게만 느껴진다. 늦은 저녁, 영은의 어깨에 기대어 시간 가는 줄 모르고 책을 읽던 그때의 나도 멀다. 믿기지 않는다. 요제프 코발스키의 목소리가 작은 책이 되었다가 훗날 내 목소리로 읽힐 때까지 걸린 긴 세월처럼. 그런데도 책장을 넘기면 영은과의 시간이 고스란히 거기에 있다.

영은의 집은 정남향이라 해가 잘 들었다. 집을 구할 때 가장 중요하게 생각한 것이 교통 편의성이나 신축 여부가 아니라 채광이었다고 했다. 앞 건물이 창을 가리지 않는 집을 구하기 위해 선주와 수없이 부동산을 돌았다. 전세 보증금이 넉넉하진 않았지만 품을 들여 신중하게 집을 보러 다녔다. 그러던 어느 날엔가 영은과 선주는 한 공인중개사가 중얼거린 혼잣말을 들었다. 어떻게 눈 멀쩡한 사람들보다 더 까다로우시네. 영은이 말렸는데도 선주는 화를 참지 않고 그에게 따졌다. 지금 뭐라고 하셨어요?

그 일이 계기가 되어 영은은 예정에 없던 대출을 받았고 가장 마음에 들었던 집을 샀다. 일하고 있는 시각장애인 복지관에서도 가까웠다. 계약 기간이 끝나갈 때마다 불안에 떨지 않아도 되고 무엇보다 익숙한 공간을 떠나지 않아도 되어 만족했지만 한동안은 남은 빚을 헤아리면서 잠을 설쳤다고 했다.

좋게 생각하려고요. 빚이 있긴 하지만 빛이 있으니까.

열린 발코니 창으로 따갑게 내리쬐던 가을볕 속에서 턱을 치켜들며 소리 없이 웃던 영은.

가구가 전부 벽에 붙어 있던 영은의 집. 모서리가 둥근 식탁, 돌출된 손잡이가 없는 서랍장들, 의자 다리 끝에 신겨져 있던 영은이 뜬 작은 뜨개 양말들. 물건들은 대부분 선반 위나 서랍과 상자 속에 가지런히 놓여 있었다. 사소한 물건까지도 하나하나 제자리를 갖고 있었다. 나는 영은의 집에 들어설 때마다 영은의 질서 속으로 들어갔다. 그 부드럽고 정연한 세계 속에서 영은과 밥을 먹고 영화를 보고 책을 읽고 잠을 잤다. 사랑을 나누었다.

서로의 몸을 껴안고 누워 있으면 영은은 내 가슴께를 더듬곤 했다. 왼쪽 빗장뼈에서 손바닥만큼 내려오면 깨알 같은 점이 두 개 돋아 있다. 영은이 처음 그 나란한 두 점을 검지와 중지로 더듬었던 순간에 나는 영은의 촉촉한 머리에서 풍겨오는 은은한 풀냄새를 맡았다.

나.

나?

여기 나라고 쓰여 있어요. 점자 약자로 이건 나.

나구나.

숫자 삼, 알파벳 시이기도 해요.

영은이 두 점 위에 뜨듯한 입술을 갖다댔다.

안녕? 나삼씨.

안녕? 이응씨.

더 읽고 싶다.

영은이 내 몸을 더듬었다. 영은의 손끝이 내 몸을 스쳐갈 때마다 나는 하나의 텍스트가 되었다. 눈썹과 안와, 콧날과 인중, 귓바퀴와 귓불, 빗장뼈와 갈비뼈. 영은은 그것들이 제자리에 있는지 확인하려는 사람처럼 나를 감싸고 있는 살갗을 빠짐없이 오래도록 어루만졌다.

어둑한 방안에서 영은과 내가 얕은 숨을 쉬며 서로를 더듬을 때면 영은에게 나를 송두리째 읽히는 것 같았다. 내가 영은에게 보여주는 것보다, 내가 알고 있는 나보다 영은이 나를 더 샅샅이 알고 있는 것만 같았다. 그 느낌이 황홀하고 부끄럽고 또 불안해서 나는 침대맡으로 손을 뻗어 전등 스위치를 켜곤 했다. 방에 불을 밝히면 눈앞의 모든 것이 익숙한 형태로 돌아왔고 그제야 나는 안심이 되었다. 하지만 불빛 아래 드러난 영은을 바라보고 있으면 알 수 없이 마음이 흔들렸다. 영은이 고개를 든다. 내가 영은을 바라본다. 영은에게는 내가 보이지 않는다. 내 눈에는 영은이 보인다. 눈을 감고 다시 영은을 안으면 내가 느낀 안심이 적절하지 않았던 것만 같아서 더 꽉 영은을 껴안곤 했다.

*

헤어지자고 말한 건 나였어요. 선주 차를 타고 집으로 가는 길이었죠. 그때 선주는 막 사회 초년생이 되어서 바쁜 나날을 보내고 있었는데, 괜찮다고 해도 매일 차를 몰고 학교 앞으로 왔어요. 나는 선주가 퇴근할 때까지 도서관에서 시험 준비를 하며 시간을 보냈죠. 그날은 선주가 일 때문에 저녁 늦게 도착했는데 내가 차에 타자마자 회사 욕을 쏟아냈어요. 왜였을까요. 왜 그날이었을까요. 가만히 선주 얘기를 듣고 있다가 말했어요. 더는 너를 사랑하지 않는다고. 선주는 뭐가 어떻게 된 건지 전혀 알지 못했죠. 말없이 운전만 하다가 갓길에 차를 세웠어요. 내가 뭘 잘못했어? 좋아하는 사람이 있어. 뭐? 다른 사람을 좋아한다고, 내가. 네가? 그래, 내가. 선주는 상처받은 얼굴을 하고 있었을 텐데 나는 볼 수가 없잖아요. 그래서 더 차갑게 말할 수 있었죠. 가끔 그게 후회가 돼요. 선주가 그러더라고요. 어떻게 그래? 어떻게 네가 나한테 그럴 수가 있어?

선주의 말을 오랫동안 생각했어요. 내가 선주에게 그럴 수 없는 이유가 정확히 무엇일까.

좋아하는 사람이 있다는 건 거짓말이었어요. 내 모든 처음인 너를, 오랜 세월 내 밑바닥을 지켜본 너를, 너 없이는 안 되도록 나를 보살펴온 너를, 더는 사랑할 수가 없어. 그렇게는 말하지 못해서 거짓말을 해버렸던 거죠.

집에는 알아서 가겠다고 선주에게 말했어요. 차 문을 열고 흰 지팡이를 펼쳤는데 선주가 흐느끼는 소리가 들렸죠. 도로 지팡이를 접고 차 문을 닫았어요. 가방에서 휴지를 꺼내 운전석 쪽으로 내밀었어요. 울음이 조금 진정되자 선주는 천천히 차를 몰아서 나를 집 앞까지 바래다주었죠. 언제나처럼 먼저 내려 차 문을 열어주고 오른쪽 팔꿈치를 내밀어주고 계단을 함께 올라 초인종을 누르고 엄마가 나올 때까지 잠자코 내 옆에 서 있었어요.

선주는 나를 붙잡지 않았어요. 우리는 십수 년이 지난 지금까지도 그날 일을 말하지 않아요.

*

밤 기온이 삼십사 도에 육박했다. 회전하는 선풍기가 딱딱거리며 훈기를 몰고왔다. 누워 있는 대나무 돗자리가 뜨뜻했다. 에어컨을 사야 할까. 할머니는 에어컨 바람을 몹시 싫어했는데, 할머니가 없다고 에어컨을 들이는 건 의리를 저버리는 일 같아 내키지 않았다. 온몸이 망친 빵 반죽처럼 눅눅하게 바닥으로 가라앉았다.

어제 퇴근길에 지하철역 출구 앞에서 선주와 마주쳤다. 종일 비가 오락가락했고 콜을 백이십 개 넘게 받은 날이었다. 날씨가 궂으면 유독 고객센터에 걸려오는 전화가 많다. 열차에 앉아 졸다가 내릴 역을 놓칠 뻔했다. 멍한 정신으로 출구를 나오니 굵은 빗방울이 떨어지고 있었다. 마을버스를 타야 하나,

망설이고 있는데 누군가 어깨를 붙잡았다. 선주였다. 개표구에서부터 나를 불렀다고 했다. 우산을 받쳐든 선주가 숨을 골랐다. 잠깐 시간 괜찮아요?

선주가 음료를 주문하는 동안 나는 유리벽 너머를 내다보았다. 비가 쏟아졌다. 우산 없는 행인들이 카페 차양 밑으로 모여들었다. 다들 뭔가를 회상하듯 멍하게 빗줄기를 올려다보았다. 처음 선주를 보았던 때를 나는 기억하고 있었다. 한겨울이었고 유난히 입김이 짙은 밤이었고 할머니가 쓰러진 날이었다.

영은의 집으로 향하는 골목 어귀에 군밤을 파는 노점이 있었다. 영은이 군밤을 좋아해서 종종 들르던 곳이었다. 흰 종이에 매직으로 쓴 투박한 가격표에 고요한 밤-3천원, 거룩한 밤-5천원, 어둠에 묻힌 밤-만원이라고 쓰여 있었다. 비좁은 천막 안에는 매번 지지직거리는 잡음과 섞인 트로트가 흘렀다. 그날은 사랑은 아무나 하나, 어느 누가 쉽다고 했나, 하는 흥겨운 멜로디가 희미하게 들려왔다. 나는 어둠에 묻힌 밤 한 봉지를 사서 코트 안쪽에 품고 걸었다. 아무나 할 수 없는 사랑을 흥겹게 노래하는 마음에 대해 생각했다. 영은의 집 앞에 다다랐을 때 멀찍이 빌라 건물 앞에 서 있는 영은과 차에서 짐을 내리고 있는 선주를 보았다. 그때까지 선주를 본 적은 없었지만 그가 선주라는 것을 단번에 알 수 있었다. 물 흐르듯 이어지는 두 사람의 움직임, 팔을 내밀고 붙잡는 간결한 동작. 나로서는 알 수 없는 짙은 시간이 둘 사이에 공기처럼 놓여 있었다. 인사를 하는 게 좋을까. 망설이며 서 있었다. 그때 주머니에서 진동이 울렸다.

병원으로 뛰어가다가 까맣게 그을린 밤알들을 모조리 바닥에 쏟고 말았던 밤.

맞은편 의자에 선주의 가방과 푸른색 장우산이 걸쳐져 있었다. 본 적이 있는 우산이었다. 선주가 아이스 아메리카노 두 잔을 가져와 한 잔을 내 앞에 놓았다.

갑자기 쏟아지네요.

그러네요.

선주와 나는 한동안 아무 말 없이 바깥을 내다보다가 커피를 마셨다. 유리벽에 희뿌연 김이 서렸다.

벌써 후회되네요. 커피 마시자고 한 거요.

선주가 빨대로 유리컵 속을 느리게 휘저었다. 맑은 얼음 조각들이 유리에 부딪히며 달그락거렸다. 나는 큼직하고 끝이 뭉뚝한 선주의 손을 바라보았다.

하실 말씀 하세요.

제가 전해도 될까요? 이렇게 미란씨 만난 거요.

에스프레소 머신이 웽웽거리는 소리, 사람들의 웅성거리는 말소리가 층고 높은 카페 안에 울려퍼졌다. 나는 흔들림 없는 선주의 눈길을 피했다.

　소나기가 지나갔다. 선주와 헤어지고 집으로 가는 길에 보현의 집 앞 놀이터에서 보현을 잠깐 보았다. 보현은 가져온 수건으로 비에 젖은 그네를 쓱쓱 닦더니 앉으라고 손짓했다.
　팔은 왜 그래? 물렸어?
　어. 치킨 때문에 종현이랑 실랑이하다가.
　덩치도 큰 애가 그럴 땐 참 빨라.
　이제 힘으로는 못 당해.
　보현이 안경 밑으로 손을 넣어 마른세수를 했다. 피곤한 기색이 역력했다. 종현이와의 실랑이에 얼마나 진을 뺐을지 짐작이 갔다. 고개를 수그린 보현의 얼굴이 언젠가의 얼굴과 닮아 보였다. 지난해 봄 내가 영은과 만나보기로 했다고 털어놓았을 때 보았던 수척한 얼굴. 아무 대답 없이 자꾸만 발끝으로 모래를 파헤치던 보현. 나는 보현의 눈치를 살피며 괜히 쓸데없는 얘기를 늘어놓았었다. 보현은 한참을 듣기만 하다가, 두 발을 모래 속에 깊이 묻은 채 문득 똑바로 나를 쳐다보고 말했다.
　미란.
　어?
　두 번은 그러지 마.
　뭘?

사람 밀어내는 거.

불쑥 모래 속에서 두 발을 빼내 힘차게 그네를 밀어올렸던 그때 보현의 옆얼굴.

보현에게 선주를 만났다는 얘기는 하지 못했다. 보현아, 난 대체 뭐가 문제일까. 물어보지 못했다. 함께 마시려고 사 간 맥주를 봉지째 보현에게 건네주고 집으로 왔다.

밤새 꼼짝도 못 하고 누워서 식은땀을 흘렸다. 열대야 때문인가, 몸살 기운인가, 그도 아니면 제쳐두기만 했던 나 자신 때문인가. 알 수 없었다. 오한에 몸을 떨었다. 카페에서 선주가 했던 말이 귓가에서 웅웅거렸다.

오랜 시간 동안 실은 돌본 거였더라고요. 그걸 너무 늦게 알았던 거죠, 제가.

아무런 대답도 하지 못하는 내게 선주가 희미하게 웃어 보였다.

뭐든 너무 늦지 마요, 미란씨는.

『보이지 않는 것들』 녹음을 마무리하고 얼마 후에 시각장애인 복지관에서 장애인의 날을 맞아 자원봉사자 보수교육을 열었다. 열댓 명의 자원봉사자가 강당에서 장애인 인식 개선 강의를 듣고 복지관 앞마당에 모였다. 먼저 나와 기다리고 있던 영은이 인사를 건넸다. 자신을 중도 실명한 시각장애인이

며 재활자립팀 팀장이라고 소개한 영은은 흰 지팡이의 역사
와 사용법, 시각장애인을 안내할 때 주의할 사항을 차근히 설
명했다.

시각장애인들에게 흰 지팡이는 눈이나 마찬가지예요. 일종
의 감각기관이죠. 지팡이 끝으로 길의 폭이나 높낮이, 장애물
여부를 확인할 수 있어요.

타라락. 영은은 접혀 있던 흰 지팡이를 펼쳐 지팡이 끝으로
왼쪽 한 번, 오른쪽 한 번 가볍게 바닥을 두드리며 보행 시범
을 보였다. 자원봉사자들이 둘씩 짝을 지었다. 한 사람이 안대
를 쓰고 흰 지팡이를 들었다. 다른 한 사람은 길잡이 역할을
맡았다.

짝과 역할을 바꿔서도 해보시고요. 한 바퀴 돌고 오면 안내
자 없이 혼자서도 걸어보세요. 자, 이제 한 분이 저를 안내해
주세요. 다른 분들은 저희를 뒤따라오시고요.

아무도 선뜻 나서지 않았다. 나는 손을 들었다가 이내 작게
대답했다. 제가 할게요. 쭈뼛거리며 앞으로 나갔다. 영은이 내
이름을 묻더니 손을 내밀어 악수를 청했다. 우리는 잠시 손을
잡았다가 놓았다. 자그맣고 손가락 끝이 반드러웠던 영은의 손.

팔꿈치를 주세요.

네?

제 왼편에 서서 미란씨 오른쪽 팔꿈치를 살짝 내밀어주세

요. 제 왼손을 그 팔꿈치에 올려주시고요.

일단 영은의 왼쪽으로 가서 오른팔을 니은 자로 접어 팔꿈치를 내밀기는 했는데, 다음은 어떻게 해야 할지 몰라 멈칫거리자 영은의 근로지원인이 내 왼손을 끌어와 영은의 왼손을 잡게 했다. 나는 그제야 영은의 왼손을 내 오른쪽 팔꿈치에 올렸다.

이렇게 하면 미란씨가 저보다 반보 앞에 서게 돼요.

영은이 내 팔꿈치를 살며시 감싸쥐었다.

이제 미란씨만 믿을 거예요.

갈까요? 영은의 말에 발걸음을 내디뎠다. 괜스레 어깨에 힘이 잔뜩 들어가서 팔에 깁스를 한 것처럼 몸짓이 뻣뻣했다. 입술이 바싹 말랐다.

장애물이 있으면 미리 말해주세요. 팔은 이제 편하게 내리셔도 돼요.

아, 네.

힘을 주고 있던 오른팔을 내리고 걸었다. 영은은 내 팔꿈치 뼈를 살며시 잡고 내 팔이 흔들리는 방향대로 자연스럽게 뒤따랐다. 긴장한 것은 오히려 나였다. 운동장 트랙을 반 바퀴 돌자 영은이 말했다. 근린공원으로 가볼까요? 나는 몇 걸음 앞의 표지판을 보고 오른쪽 길로 접어들었다. 걸음걸이가 차츰 편안해졌다. 두 걸음 앞에 약간 내리막이에요. 벚꽃은 다

졌나요? 네. 이젠 푸른 잎이 무성해요. 까치인가봐요. 네, 두 마리. 오늘 볕이 참 좋네요. 정말 날이 무척 맑아요. 영은과 나는 드문드문 그런 말들을 주고받으며 걸었다.

이제 돌아갈까요?

네.

제 이름은 유영은이에요. 아, 아까 말했던가요?

네. 이름에 이응이 네 개네요.

맞아요. 근데 점자에서는 자음 초성 이응을 생략하거든요. 모음만 써도 읽을 때는 이응이 저절로 따라오니까요. 영과 은도 약자가 있어서 제 이름을 점자로 찍으면 이응이 없어요.

없는데 있는 거네요.

영은과 나는 낮게 웃었다.

혹시, 미란씨가 그 미란씨예요?

네?

요제프 코발스키.

영은이 내 쪽으로 고개를 조금 치켜들며 걸음을 멈추었다. 더는 궁금해 못 참겠다는 어린아이 같은 표정. 파르르 떨리던 감긴 두 눈꺼풀.

사실 그날부터가 우리의 일 일이었다고 영은은 말했다.

영은을 만나면서 나는 점자로 영은과 나의 이름을 쓰는 방법을 익혔다. 점자는 오른쪽에서 시작해 왼쪽으로 쓴다는 것,

쓰는 점형과 읽는 점형이 있고 그 둘은 좌우대칭 형태를 이루고 있다는 것을 영은에게 배웠다. 점자를 쓸 때는 뾰족한 점필로 종이에 점을 눌러 찍고, 읽을 때는 종이를 뒤집어 손가락 끝으로 더듬는다. 규칙을 익히자 점자일람표를 보며 긴 문장도 점자로 쓸 수 있게 되었다. 하지만 손끝으로 읽는 것은 전혀 되지 않았다. 할머니 손바닥처럼 까슬까슬한 감촉뿐이었다. 배움으로는 가능하지 않은 일인 것 같았다. 결국 눈을 뜨고 점자를 들여다보면 종이 위에 점필로 찍은 점들이 새하얗고 촘촘한 생채기처럼 보였다.

*

걸릴 만큼 걸렸을까요.

영은에게 메시지가 왔다. 세 계절만이었다.

할머니 사진 앞에 앉아 초를 밝히다가 발작적으로 울어버렸다.

영은의 그 한마디에 그동안의 내가 다 망해버린 기분이었다. 죄다 망해버려서 다행이었다. 망할 수 있어서 기뻤다. 애써 제쳐두었던 마음이 쉴새없이 눈물로 쏟아졌다. 이게 네 마음인데 왜 모른 척했느냐고 눈물이 나를 나무라는 것만 같았다. 영은이 보낸 메시지가 연달아 도착했다.

만나요, 우리.

『보이지 않는 것들』에서 영은이 가장 좋아하는 에피소드는 팔십팔 쪽에 있다. 나는 여러 번 영은에게 이 부분을 읽어주었다. 읽고 나면 언제나 목이 조금 메었는데, 그러면 영은은 손을 뻗어 내 손을 찾았고 슬며시 깍지를 끼곤 했다.

해질녘에 조지가 밑창을 새로 간 구두와 맥주 한 병을 들고 올라왔다. 카펫 위를 걷는 녀석의 발걸음 소리가 평소보다 느릿하고 비실거렸다. 나는 모르는 척 재킷 안주머니에서 지갑을 꺼내 녀석에게 줄 심부름값을 헤아렸다. 조지가 고쳐 온 구두를 신어보겠느냐고 해서 신고 있던 슬리퍼를 벗었다. 녀석이 무릎을 꿇고 앉아 내 맨발을 들어 발끝을 구두에 꿰어주었다. 나는 벽을 짚고 방안을 서성였다. 발밑이 단단하고 판판했다. 앞꿈치로 땅을 찍으며 걷는 버릇 때문에 내 구두는 밑창이 빨리 닳아 구멍이 나곤 했다. 구두는 아주 잘 고쳐졌다. 그때까지도 조지는 아무 말이 없었다.

조지, 너 어디가 아픈 거니?

아뇨, 괜찮아요.

조지는 밑창도 갈았으니 끈도 새것으로 갈자며 나를 도로 소파에 앉혔다. 내가 신고 있던 구두를 벗기고 끈을 풀었다.

새 끈을 찾는지 여기저기 서랍을 뒤적였다.

옷장 서랍에 있을 거다.

찾았어요. 맥주 지금 드려요?

아니, 나중에. 그런데 정말 말 안 할 작정이니?

뭘요?

글쎄다. 뭔지 나도 궁금하구나.

녀석은 입을 꾹 다문 채 구두끈을 갈아끼웠다. 다시 제대로
신어보라며 양말까지 꺼내 왔다. 나는 양말을 신고 끈을 갈아
끼운 구두를 신어보았다. 당연히 아주 잘 맞았다. 조지는 내
발등이 높다는 걸 알고 있어서 늘 끈을 낙낙하게 끼웠다.

잘 맞는구나, 조지. 이제 나는 들을 준비가 다 된 것 같구나.

조지가 한숨을 내쉬었다.

복잡한 얘기예요, 아저씨.

내가 가진 거라곤 시간뿐이잖니.

그게 말이에요.

녀석이 뜸을 들였다.

분명 좋아하는데, 그건 정말 분명한데요. 뭐랄까, 가까워지
기가 너무 어려워요. 가까워진 것 같다가도 멀어지는 것 같고
요. 그럴 수도 있는 걸까요?

나는 조지가 말하는 애가 같은 반 윌이라는 것을 알았다. 조
지는 지난여름부터 입만 열면 윌 애기뿐이었으니까.

분명 그럴 수도 있지.

어째서요?

좋아하는 마음이란 본래 믿을 만한 게 못 되기 때문이란다.

조지가 한숨을 쉬는 소리가 들렸다. 먼저 것보다 더 깊고 쓸쓸했다. 열두 살 녀석에게 인생 최대의 위기가 닥친 것이 틀림없었다.

잘 들어라, 조지. 사랑이란 건 믿을 게 못 된단다. 하지만 한 번 믿어볼 만한 것이지. 그애가 좋으면 그애를 좋아하면 돼. 네가 할 수 있는 일을 하면 되는 거야.

조금씩 훌쩍거리던 조지가 결국 울음을 터뜨렸다. 한 사람이 자신을 넘어서는 어떤 감정을 처음으로 마주하는 순간이었다. 누구나 한 번쯤은 품는 강렬하고 아픈, 그래서 아름다울 수밖에 없는 순간. 너무 이르거나 너무 늦는 때란 없는 그런 순간.

*

걸릴 만큼 걸렸을까요. 그 물음을 너무 오래 품고 있었나 봐요.

지난 토요일에 복지관 이용자들과 양주의 한 농장으로 밤을 주우러 갔어요. 자원봉사자들이 밤나무를 털고 우리 시각장애인들은 떨어진 밤을 주웠죠. 목장갑 위에 고무장갑까지 꼈는데도 밤송이 가시가 따갑게 느껴졌어요. 다들 신나게 밤송이를 줍고 있는데 농장 주인이 그러더라고요. 밤은 열매 자체가 씨앗이라 밤눈이 건강한 밤을 골라 땅에 심으면 밤나무가 된다고요. 밤알에서 새싹이 나 자라는 동안에도 씨앗 껍질이 썩어 사라지지 않고 오랫동안, 길게는 삼 년까지 남아 있기도 한다고요. 그 이야기를 듣는데 미란씨가 떠올랐어요.

가끔 침대에 누워 미란씨가 눕던 자리를 쓸어보곤 했어요. 이불 위에 묵자로 미란씨 이름을 써보기도 했죠. 어느 날엔가 미란이라는 이름을 이루고 있는 글자 하나하나를 떼어 써봤어요. ㅁ ㅣ ㄹ ㅏ ㄴ. 그러다 생각했죠. 모음 아를 왼쪽으로 틀어 오를 만들고 미음 밑에 놓으면 어떨까. 리을 오른편에 모음 이를 옮기고 밑에 니은을 받쳐주면 어떨까. 미란씨를 그 이름으로 부르면 어떨까. 미란씨가 나에게만은 그렇게 불린다면 어떨까.

하지만 난 알고 있어요. 미란씨가 그 이름일 필요도, 그렇게 불릴 필요도 없다는 걸요.

미란씨. 내게 처음 팔꿈치를 내밀었을 때처럼, 내게 점자 쓰는 걸 배웠을 때처럼 오른쪽에서 왼쪽으로 와요. 그럼 나는 미란씨 팔꿈치 뼈를 처음 쥐었을 때처럼, 미란씨가 책을 읽을 때처럼 왼쪽에서 오른쪽으로 갈게요. 그렇게 만나요, 우리. 그때는요.

다시 팔꿈치를 주세요.

* 『금강경』 인용문은 『나 없는 지혜 나 없는 자비』, 이포 옮김, 호미, 2018,
33~34쪽에서 가져왔다.

핀홀
Pinhole

떨리는 집게손가락 끝이 코팅된 문자판의 글자를 가리킨
다. 원하는 글자에 멈춰 톡, 한 번 건드리고는 다음 글자를 찾
아간다. 문장은 더디게 완성된다. 쉼표도 마침표도 없다. 소
리 없는 말이 길어질수록 손가락 끝이 심하게 떨린다. 숨소리
가 시근거린다. 이따금 터져나오는 신음을 닮은 괴성. 입속에
고인 침이 오른쪽으로 실그러진 아랫입술에서 흘러내려 앞가
슴에 떨어진다. 허공에 멈춰 있던 집게손가락이 다시 글자를
찾아 나선다. 한 자, 한 자씩 가리키는 손끝이 한 편의 시가
되어간다. 하품할 때처럼 입을 크게 벌리고 두 눈을 질끈 감
으며 짓는 웃음. 기쁨을 앓는 듯한 웃음소리. 스물네 번의 손
짓은 노래한다.

하 여 행 복 을 산 다 오 로 지

*

보라가 소파 밑에 웅크리고 있는 집쥐를 본 것은 경진을 만
나고 온 늦은 오후였다.

그날, 집으로 돌아온 보라는 운동화만 벗은 채 현관문 앞에
쪼그려 앉아 있었다. 피로와 현기증이 한꺼번에 몰려왔다. 전
날 밤 거의 잠을 못 잔데다 왕복 여섯 시간을 차에서 보낸 탓
도 있었지만, 그보다는 경진이 들려준 이야기와 폐쇄된 시설
에서 본 광경이 뇌리에 박혀 떠나지 않아서였다.

이런 곳이 어떻게 삶을 위한 공간이겠어요. 죽음을 기다리
는 공간이지.

할 말을 잃고 건물 안을 둘러보던 보라에게 앞서 걷던 경진
이 말했다. 낮게 울리던 목소리가 멈추었을 때 보라의 등뒤에
서 희미한 기척이 들렸다. 두 사람은 숨을 죽이고 복도 끝을
쳐다보았다. 아무것도 보이지 않았다. 캄캄한 어둠뿐이었다.
보라는 오래전 그 기척과 비슷한 소리를 들어본 적이 있었다.

사사사, 사사사.

보라는 가까스로 몸을 일으켰다. 개수대로 가 손을 씻고 정
수기에서 물을 받아 단숨에 들이켰다. 물 한 컵을 더 받아 식

탁 의자에 앉았을 때였다. 마주보이는 소파 밑에 회갈색의 둥글납작한 형체가 있었다. 보라가 뻑뻑한 눈을 깜빡였다. 다시 봐도 형체는 여전히 그 자리에 있었다. 발코니 창으로 비쳐드는 노을빛 때문에 그것은 더 짙고 수상해 보였다. 마치 웅크리고 있는 자그마한 생물처럼.

쥐약을 먹고 죽어가는 집쥐처럼.

보라가 소파로 다가갔다. 거실에 집쥐가 있을 리 없다는 걸 내심 확신하면서도 한편으론 그 둥글납작한 형체가 너무도 분명하게 집쥐로 보였기 때문에 덜컥 겁이 났다. 소파 앞에 엎드려 조심스럽게 손을 뻗자 부숭부숭하고 물렁한 감촉이 느껴졌다. 그것을 끄집어냈다. 집쥐는 아니었다. 먼지와 머리카락 몇 가닥이 붙은 회갈색 양말 뭉치였다.

벗은 양말을 뭉쳐 아무데나 놓아두는 것은 승원의 버릇이었다. 양말 두 짝의 발목을 포갠 뒤 한쪽 양말목을 늘리고 뒤집어 나머지 부분을 밀어넣은 뭉치. 청소기를 돌리거나 집안을 정리할 때면 소파 등받이 틈에서, 침대 밑이나 방구석에서, 탈수가 끝난 세탁기 속에서 양말 뭉치가 느닷없이 나타나곤 했다. 양말 뭉치에 발이 달렸을 리 없지만, 그것은 늘 말 그대로 나타났다는 느낌으로 태연하게 놓여 있었다. 승원에게 볼멘소리도 해봤지만 양말 뭉치는 계속해서 출몰했다. 언젠가부터 보라는 그에 관해 일절 입 밖에 내지 않게 되었다. 당황하거나 미안해하는 승원의 표정을 보고 싶지 않아서였다. 팔자 눈썹이 된 그의 얼굴을 마주할 때면 보라는 늘 자신만 까탈을 부리는 것 같아 마음이 편치 않았다.

사람 안 변해. 상대방 바꾸려고 하는 거만큼 미련한 게 없다, 너? 웬만하면 그러려니 하며 살아. 그게 너도 편해.

승원과 산 지 얼마 되지 않았을 무렵, 보라가 통화로 승원에 대한 불만을 내비치자 언니는 조언했다. 그런 단념에 이르기까지 형부와 어떤 일들을 겪었던 걸까. 결혼 오 년 차가 된 언니와 형부에 관해 보라는 아는 바가 별로 없었다. 간혹 큰소리를 내며 다툰다는 것, 서너 번인가 심하게 싸웠을 때 언니가 집을 나가 며칠씩 여행을 다녀오기도 했다는 것 정도뿐. 평소 부부 사이가 어떤지, 무엇이 두 사람을 다투게 만드는지는 알지 못했다.

보라는 자주 언니의 말을 생각했다. 내가 정말 승원을 바꾸려고 하는 걸까. 내가 살아온 삶의 방식을 따르도록 그에게 강요하는 걸까. 같이 사는 데 아무런 불편도 불만도 없다는 그의 말은 진심일까. 각자가 살아온 방식을 끝내 바꾸기 어렵다면 서로 그러려니 하며 사는 게 답인 걸까. 그건 포기가 아닐까. 바꿀 수 없다면 버리는 게 관계를 위한 대안일까. 결국에는 무언가를 언젠가 포기해야만 하는 걸까.

언니는 연애와 결혼은 천지차이라는 말도 심심치 않게 했다. 보라가 승원과 결혼을 전제로 동거하기로 마음먹은 데엔 언니의 그 말도 영향을 주었다. 같이 살다보니 그게 무엇을 의미하는 말인지 보라도 어느 정도 이해할 수 있었다. 이를테면 연애하는 동안에는 보이지 않던 사소한 것들이 같이 살게 되자 하나하나 새롭게 눈에 띄었다. 양말을 벗어놓는 방식, 치약을 짜는 방식, 먹다 남은 과자를 봉하는 방식까지. 각자의 방식이 있다는 것조차 의식하지 못했을 만큼 자잘한 습관들이 순간순간 보라와 승원은 엄연한 타인이라는 사실을 서늘하게 일깨웠다.

요즘 보라는 퀴퀴하고 먼지 붙은 양말 뭉치가 나타날 때마다 아무 말 없이 그것을 펼쳐 세탁기에 집어넣었다. 그러면서 승원이 가진 수많은 장점을 꼽아보았다. 그러고 나면 두 발에서 재빨리 양말을 벗겨내 눈 깜짝할 사이 뭉치로 둔갑시키는 승원의 손놀림을 떠올리며 웃을 수 있었다. 그 버릇이 그를 이루는 여러 특징 중 하나라는 게 귀엽게 여겨지기까지 했다. 양말 뭉치가 그저 뭉쳐놓은 양말일 뿐이었던 지난 일 년 동안은 그랬다.

하지만 이제 양말 뭉치는 집쥐가 되었다. 그것은 여전히 뭉쳐놓은 양말이었으므로 집쥐가 되었다기보다는 집쥐로 보였다고 하는 게 맞겠지만 보라에게는 집쥐가 '된 것'에 더 가까웠다. 그날부터 보라 눈에는 양말 뭉치가 줄곧 집쥐로 보였으므로, 집쥐로 보이기 시작한 그 늦은 오후 이전으로는 결코 돌아갈 수 없었으므로.

*

보라와 승원은 의료용 전자기기를 수입하는 회사에서 처음 만났다. 직장 동료로 지낸 사 년 동안 부서가 달라 대화할 기회가 많지는 않았지만 회식이나 사내 행사에서 마주치면 반갑게 인사를 나누는 사이였다. 보라가 퇴사하고 몇 달 뒤 가깝게 지내던 동료의 결혼식에서 두 사람은 재회했다. 그 뒤로 메시지로 안부를 주고받고, 만나서 차와 식사를 나누다 자연스레 사귀기 시작했다. 연인으로 사 년을 만났다.

사 주년이 되던 날 연차를 낸 승원이 보라의 집 앞으로 차를 몰고왔다. 평소보다 옷차림에 신경쓴 모습이었다. 오늘은 자신이 알아서 모시겠다며 맛집이라는 이탈리안 레스토랑으로, 뷰가 좋다는 카페로 보라를 데리고 갔다. 해질 무렵에는 북악 스카이웨이로 드라이브를 갔다. 주차를 하고 팔각정 주변을 거닐 때쯤에는 날이 완전히 저물어 있었다. 야경을 내려다보며 두 사람은 말없이 한참을 서 있었다. 청량한 바람이 부는 초여름이었다. 보라의 단발머리가 자꾸만 바람에 흩날려 얼굴을 간질였다. 승원은 바지 주머니에 손을 찔러넣고 뭔가 주저

하고 있었다. 오늘일지도 모르겠다고 보라는 짐작했다. 승원이 주머니에서 반지 케이스를 꺼냈다. 반지는 나중에, 라면서 보라를 향해 케이스를 열어 보였다. 안에는 갈색 가죽 골무가 들어 있었다. 가죽 공방에 가서 직접 만들었다며 보라의 왼손 엄지손가락에 골무를 끼웠다. 당장 결혼식을 하긴 어렵겠지만 결혼을 전제로 같이 살면서 차근차근 준비하면 어떻겠냐고 했다. 바로 대답하지 않아도 돼. 승원이 몸을 돌려 야경을 보며 말했다. 밤하늘 아래 펼쳐진 도심의 불빛이 자개를 잘게 썰어 뿌려놓은 것처럼 반짝였다.

비밀 하나씩 얘기할까?

승원이 보라의 집 앞 공터에 차를 세우자 보라가 말했다.

비밀이 있어?

승원씨는 없어?

없는데, 그런 거.

그럼 나 말하지 말까?

아니, 말해줘.

보라는 좀처럼 입이 떨어지지 않아 한동안 고개를 숙이고 있었다. 괜스레 골무를 매만지고 협곡혈을 주물렀다. 괜찮아, 말해봐. 나한테 말 못 할 게 뭐 있어. 승원은 그렇게 재촉하지 않았다. 그저 두 손을 핸들 위에 나란히 올려놓은 채 아무런 말도 없었다. 승원의 고른 숨소리. 차 안에 따뜻한 고요가 감돌았다. 보라는 차츰 편안함을 느꼈다. 자신이 비밀이라고 생각했던 일, 사귀는 동안 굳이 꺼내지 않았던 일, 그러니까 보라의 아버지는 친아버지가 아니고 남동생도 친동생이 아니라는 사실을 털어놓는다 해도 둘 사이는 변하지 않을 거라는 확신이 들었다. 그 순간 보라는 승원과 살아봐도 좋겠다고, 결혼이란 걸 해볼 수도 있겠다고 생각했다. 승원의 그 짧은 침묵 때문에.

승원에게 골무를 받은 그해 가을, 보라와 승원은 양가 부모에게 인사를 했다. 겨울부터는 같이 살았다. 각자의 전셋집 보증금을 합쳐 보라의 바느질 공방 근처에 아파트 전세를 얻었다. 세간살이는 새로 들이지 않았다. 형편에 맞게 천천히 장만하기로 하고 살던 집에서 쓸 만한 물건들을 가져왔다. 평소에도 다툼이 없는 편이었지만 이사를 준비하는 동안 두 사람은 어느 때보다도 마음이 잘 맞았다.

골무를 받은 날로부터 한집에 살게 되기까지 두 계절이 걸렸다. 보라는 그 시간의 흐름이 갑작스럽기도 했고 한편으론 자연스럽게 여겨지기도 했다. 결혼은 생각조차 하지 않던 보라였다. 누군가를 자신의 삶에 들이게 될 거라고는 전혀 예상하지 못했다. 결혼할 사람은 따로 있다더니 괜한 말은 아니구나 싶기도 했다. 승원 곁에 있으면 오롯한 사랑을 받으며 자란 사람의 단단함과 안정감이 보라에게까지 흘러들어오는 듯했다. 그 느낌은 졸음이 밀려오기 직전의 나른함과 닮아 있었다. 승원 곁에서 보라는 곧잘 무방비해졌다. 하지만 잠들기 전 승원이 보라의 허리를 감싸 안으며 사랑해, 라고 속삭이면 설명할 수 없는 마음이 되곤 했다. 사랑. 보라는 사랑이라는 말을 타인의 입을 통해 들을 때마다 자신이 어렴풋하게나마 사랑이라고 여겼던 순간들이 산산이 부서져버릴 것만 같아 불안했다. 상대가 말하는 사랑과 완전히 일치하는 사랑을 당장 증명해야 할 것만 같은 부담감에 휩싸였다. 그래서 보라는 늘 이렇게 대답을 얼버무렸다. 응, 나도.

보라에게 사랑은 도무지 알 수 없는 것이었다. 흔들리고 부서지기 쉬운 일시적인 감정에 가까웠다. 보라는 사랑보다는 믿음을 믿었다. 승원을 알고 지낸 구 년을, 함께하는 동안 그가 보여준 말과 행동을 믿었다. 자신에게 사랑은 믿음의 다른 이름일지도 모른다고 보라는 생각하곤 했다.

*

얼마나 안다고 생각하세요?

보라는 조각천을 잇대어 꿰매다 말고 고개를 젖혔다. 어느 틈에 날이 저물어 있었다. 바느질 공방이 있는 상가는 오래된 건물이라, 아직 초가을인데도 해가 지면 실내에 냉기가 돌아 무릎과 발끝이 시렸다. 보라는 자리에서 일어나 뻐근한 허리를 돌리며 창밖을 내다보았다. 바로 앞에 사거리가 있었다. 왼쪽 건너편에는 다른 상가 건물들과 버스 정류장이, 맞은편에는 초등학교가 보이고, 대각선으로 보라와 승원이 사는 아파트 단지 후문이 보였다. 보라는 전면 창 너머로 보이는 사 차선 도로와 교차로, 여섯 방향으로 그려진 횡단보도를 내려다보는 것을 좋아했다. 퀼트 담요의 패턴 같은 그 모양을 볼 때면, 방향은 제각각 달라도 사람들이 어딘가로 향하고 있다는 사실에 안도감이 들었다. 창 안쪽에서 보는 바깥은 잔잔하게 흘러가는 강물 같았다. 마치 아무 일도 없던 것처럼, 아무 일도 없을 것처럼.

오늘도 계획한 만큼 작업 속도를 내지 못했다. 이번주 내내 손이 무거워 바느질이 더뎠다. 꼬박 다섯 시간을 앉아 있었는데 조각천을 스무 장도 잇대지 못했다. 의뢰받은 퀼트 담요를 완성하려면 어린아이 손바닥만한 천을 백 장은 더 잇대야 했다. 꿰매는 작업은 재봉틀로 하는 게 훨씬 간편하지만 보라는 공방을 열 때부터 손바느질만을 고집했다. 퀼팅뿐 아니라 아플리케, 패치워크, 필요하면 전통자수와 프랑스자수까지 다양한 수예 기법으로 하나의 작품을 완성하기 때문에 전 과정을 직접 손으로 했다. 손바느질은 노력한 만큼 결과가 따르는 정직한 일이어서 노력을 기울이기 힘든 상태일 때는 작업 시간이 늘어졌다.

마음이 산란하면 바느질에 고스란히 드러난다.

정성을 다하지 않으면 바늘이 지나간 자리가 울고 매듭도 금세 풀리게 된다고 외할머니는 입버릇처럼 말했다. 어린 보라가 할머니 곁에 딱 붙어앉아 고사리손으로 바느질을 할 때면 할머니는 꿰맨 자리를 슬쩍 보고도 보라의 기분을 알아차리곤 했다. 어떤 날은 뭐 단 거 만들어주랴? 물었고, 어떤 날은 그만하고 들어가 자거라, 하고 다그쳤다. 보라는 할머니가 매일 바늘로 온갖 천을 꿰어서 뚫다보니 사람 마음도 꿰뚫게 되었나보다 생각했다.

할머니는 읍내에서 '한수자 옷수선'이라고 쓴 투박한 간판을 내걸고 수선집을 했다. 인근에서 손재주가 좋기로 유명했다. 눈대중으로도 기장이나 품을 안성맞춤으로 줄였고 양복, 한복, 가방까지 수선하지 못하는 게 없었다. 할머니와 살았던 아홉 살부터 열세 살까지 보라는 할머니에게 바느질을 배웠다. 처음에는 할머니 곁에 있는 것이 좋아 앉아만 있었는데 가위 달라, 실 달라는 잔심부름을 하다보니 어깨너머로 배운 바느질에 푹 빠져들었다. 할머니는 손재주가 좋으면 평생 손재주로 고생한다고 핀잔을 주면서도 엉덩이를 붙이고 앉아 몇 시간이고 갖가지 주머니를 만들고 손수건에 수를 놓는 보라를 기특하게 여겼다.

마음이 산란할 때면 할머니는 바느질감을 오래도록 붙들고 있었다. 실을 꿴 바늘로 천을 뚫고 휘감으며 한 땀 한 땀 나아가다보면, 천과 천 끝을 이어붙이고 고운 모양새를 만들다보면 어수선하던 마음이 제자리를 찾고 평온해진다고 할머니는 믿었다. 짐 가방을 멘 어린 보라와 언니가 대문간에 서 있던 날에도, 언니가 동네 아이와 싸워 이마가 찢어져 들어온 날에도, 금방 애들을 데려가겠다던 엄마와 연락이 끊어졌을 때도 할머니는 바느질감을 들고 안방이나 툇마루에 앉아 부지런히 손을 움직였다. 보라는 할머니에게서 그 믿음을 배웠다. 그 믿음으로 삶의 크고 작은 고비들을 지나왔다. 그래서인지 보라 역시 손과 마음이 무거울 때일수록 더욱 바느질에 매달렸다.

얼마나 안다고 생각하세요?

보라가 다시 책상 앞에 앉았다. 잘라낸 천 가장자리와 짧은 실 가닥들을 그러모아 버리고 초크와 연필, 시침핀을 제자리에 정리했다. 말끔해진 책상에 봄부터 작업하기 시작한 바느질거리와 출력한 사진 한 장을 올려놓았다. 결혼식을 치른 뒤 시부모에게 선물할 요량으로 틈틈이 해온 개인 작업이었다. 에이포 용지 두 장을 이어붙인 크기의 미색 광목천에 가족의 모습이 한 폭의 그림처럼 보이도록 바느질했다. 사진 속 세 사람의 옷차림과 머리 모양을 최대한 비슷하게 표현하기 위해 여러 색과 무늬의 조각천, 털실, 부자재를 사용했다. 배경은 과감하게 생략하고 승원과 그의 부모, 세 사람의 모습만 담았다. 그들 옆에는 아직 바느질하지 않은 한 사람의 빈자리가 있었다. 가는 연필 선으로 밑그림만 그려놓은 테두리뿐인 사람. 보라는 사진과 바느질 그림을 번갈아 쳐다보았다. 작업을 처음 구상하던 자신과 현재의 자신을 견주어보듯이. 그사이 무엇이 얼마나 달라진 걸까. 이 작업은 결국 미완성으로 남게 될까. 사진 속에서 승원과 그의 부모는 다낭의 푸른 바다를 등지고 환하게 웃고 있었다. 부드럽게 올라간 입꼬리들을 보자 섬 찟했다. 경진이 했던 질문이 또다시 떠올랐다. 보름 전의 통화에서 경진은 보라에게 물었다.

승원씨를 얼마나 안다고 생각하세요?

*

시설에 처음 들어간 게 몇 살 때셨어요?
1 2 1 3 잘 몰 라 요 오 래 돼 서
기억나세요? 시설 들어가던 날.
갑 자 기 갔 어 요 엄 마 가 특 수 학 교 라 고 선 생 님 있 고 나 같 은 애 들 많 다 고
특수학교로 알고 가셨던 거네요?

공부하고 싶었어요 나 머리 좋아요

시설에 가니까 어떠셨어요?

공부 배웠지만 완전 창살 없는 감옥

검정고시로 고등학교까지 마치셨다고 들었어요.

전 시설에서요 17년 걸렸어

오래 걸렸네요.

도와주는 사람 없었어요 난리쳐야 겨우 도와줘

어떤 요구를 하셨어요?

밥 안 먹고 밤낮 소리치고 혼자 책 못 본다 봉사자 구
해 달라

지금 시설에서는 공부하세요?

못 해요 원장이 싫어 해

요즘은 주로 뭘 하며 지내세요?

아무것도 안 해요 벽 티비 봐 누워서

그리고요?

먹고 싸고 누워 있어 산송장 매일 무한 반복

그럼 가장 많이 하시는 게 뭐예요?

벽지 무늬 봐요 뚫어져라 오늘 이쪽 내일 저쪽

좋은 추억은 없으세요?

없어요 웃는 날 있지만 죽고 싶은 날 더 많아 근데 혼
자 죽지도 못 해

시설에 친구는 없으세요?

같 이 살 뿐 친 구 아 냐 더 먹 겠 다 싸 워 힘 있 는 애 들 약
한 애 때 리 고

외롭지는 않으세요?

외 로 워 도 별 수 없 지 갈 데 없 는 데 요

*

보라는 여덟시가 넘어 공방을 나섰다. 집까지는 십 분도 걸
리지 않았지만 귀가를 미루는 사람처럼 편의점에 들러 하릴없
이 진열된 물건을 구경하다가 캔맥주와 감자칩을 사서 나왔
다. 편의점 앞 플라스틱 의자에 앉아 맥주 한 캔을 들이켰다.
밤바람이 싸늘했다.

어서 와.

승원이 먼저 집에 들어와 있었다. 소파에 기대어 텔레비전
을 보던 그가 현관으로 와 보라를 꽉 껴안았다.

회식은?

도망 나왔지.

별일이네, 회식쟁이가.

오늘따라 빨리 보고 싶더라, 이상하게.

승원이 보라의 손에 들린 편의점 비닐봉지를 받아들고는 캔

맥주를 냉장고에 넣으며 물었다.

　내일 뭐 사 갈까?

　보라가 영문을 모르겠다는 표정으로 승원을 쳐다보았다.

　집에 가기로 했잖아.

　아.

　동거한 지도 일 년이 되어가니 슬슬 결혼 준비를 해야 하지 않겠느냐고 먼저 말을 꺼낸 것은 승원의 부모였다. 승원을 통해 주말에 식사하러 오라는 말을 전했고 그게 내일이었다. 보라는 까맣게 잊고 있었다.

　뭐 좋아하셔?

　글쎄. 요즘 부모님들은 뭘 좋아하나?

　보라는 손을 씻으러 욕실로 가다가 문 앞에 웅크리고 있는 연회색 집쥐를 보았다. 그것을 집어올려 편 다음 세탁기에 넣었다.

　승원씨 부모님이잖아.

　비누 거품을 물로 씻어내면서 보라는 거울을 들여다보았다. 입꼬리에 힘을 주어 애써 웃어보았다. 아직은 승원에게 자신의 굳은 얼굴을 들키고 싶지 않았다.

　자기야, 근데 왜 갑자기 승원씨야? 그렇게 안 부른 지 좀 된 것 같은데.

　보라가 캔맥주를 꺼내 와 소파에 앉자 승원이 캔 뚜껑을 따고 감자칩 봉지를 뜯어 보라 앞으로 밀었다. 그리고 감자칩 하나를 집어 보라 입에 넣었다.

오랜만에 설레네, 보라씨.

승원은 사람 좋게 싱긋 웃고는 텔레비전으로 눈길을 돌렸다. 뉴스에서는 생후 일주일이 되지 않은 갓난아기가 편의점 비닐봉지에 쌓인 채 인적 드문 숲에서 발견되었다는 소식을 보도하고 있었다. 승원은 무심히 감자칩을 집었던 손으로 리모컨 버튼을 눌러 채널을 돌렸다. 홈쇼핑, 드라마, 다큐멘터리를 건너뛰고 남자 개그맨 여럿이 모여 식당을 운영하는 예능 프로그램에서 멈추었다. 보라는 승원이 소파 한쪽에 되는대로 던져둔 편의점 비닐봉지를 쳐다보다가 그것을 작게 접어 테이블에 올려놓았다.

소고기 조금이랑 샤인머스캣 한 상자 사 가지 뭐.

텔레비전 속 깔깔거리는 개그맨들을 따라 승원이 웃었다. 보라는 하품하는 것처럼 입을 크게 벌리고 두 눈을 질끈 감으며 웃는 그의 옆얼굴을 찬찬히 뜯어보았다.

승원씨는 어릴 때 외로운 적 없었어? 외동이잖아.

승원이 보라의 무릎을 베고 모로 누웠다.

별로.

그의 옆얼굴이 보라의 허벅다리에, 뒷머리는 아랫배에 닿았다. 묵직하고 뜨뜻했다. 보라는 텔레비전 장식장 밑 구석에 웅크리고 있는 흑갈색 집쥐를 보면서 맥주를 한 모금 넘겼다.

사과도 한 상자 사. 어머님이 좋아하시잖아.

승원이 보라의 무릎을 가볍게 툭 건드렸다. 좋다는 뜻이었다. 승원이 웃음을 터뜨릴 때마다 어깨의 떨림이 보라에게 고스란히 전해졌다. 그는 여전히 보라가 알던 승원이었다. 부인할 수 없는 그 사실이 보라를 더욱 혼란스럽게 했다.

보라는 승원을 아는 일에 '얼마나'를 넣어 생각해본 적이 없었다. 보라에게 승원은 보고 느낀 그대로의 승원일 뿐, 그를 두고 앎의 정도를 따져본 적이 없었다. 때때로 그를 안다고, 혹은 모르겠다고 생각한 적은 있어도 그게 얼마큼인지를 헤아려본 적은 없었다. 승원을 얼마나 알고 있는 걸까. 그 정도를 헤아리기 위해서는 그의 전체를 가늠할 수 있어야 했지만 그 또한 알수가 없었다. 보라는 승원의 왼쪽 귀 뒤에 가려진 까만 사마귀와 귓바퀴 모양을 따라 드리운 그늘, 귓구멍에 고인 어둠을 들여다보았다. 사사사, 사사사. 어디선가 희미한 기척이 들려오는 듯했다. 승원이 고개를 돌려 보라를 올려다보았다.

왜?

*

보라는 승원의 본가에 두 번 간 적이 있었다. 사귄 지 이 년

66

쯤 되었을 때 인사드리러 한 번, 함께 살기로 했다고 말씀드리러 한 번. 보라는 명절이나 어버이날, 생신이 다가오면 찾아뵈어야 하는지, 선물을 보내야 하는지 고민이 되곤 했는데 승원의 부모가 먼저 나서서 깔끔하게 정리해주었다. 아직은 며느리가 아니니 서로 부담 주지 말자고 승원을 통해 전해온 것이다. 그러면서도 명절이나 보라의 생일이 되면 유명 제과점 케이크나 쿠키 세트를 승원 편에 보내왔다. 그러면 보라도 보답으로 홍삼액이나 과일 상자를 승원의 손에 들려 보냈다.

승원의 부모에게 함께 살기로 했다고 말씀드리고 돌아온 저녁, 보라 집으로 언니와 엄마가 찾아왔다. 언니는 종종 놀러왔지만 엄마는 처음이었다. 엄마는 말없이 집안을 이리저리 두리번거렸다. 화장실과 보일러실 문을 열어젖히고 천장이며 전등갓을 올려다보았다. 보라가 화과자와 녹차를 내놓았다.

센스 있으시네.

승원 어머니가 선물로 준 화과자를 맛보며 언니가 감탄했다.

너무 달지 않니?

이런 고급은 그렇게 안 달아. 엄마, 그만 좀 앉으셔. 뭐 검사하러 왔어?

거실 한쪽을 가득 채운 갖가지 천과 부자재, 바느질 그림들을 보며 서성이던 엄마가 상 앞으로 와 앉았다.

결혼하면 공방은 접지 그러니?

잘하고 있는 애한테 왜 갑자기 접으라 마라야?

몸만 고되지, 돈이 되니 그게?

얘 작품 비싸.

여기 보증금이 얼마랬니?

왜, 보라 이사할 때 보태주시게? 그래, 이참에 엄마 노릇 좀 하셔.

나이도 꽉 차서 무슨 동거를 한다고, 식 올리고 살면 되지.

형편 되는대로 하는 거지. 어련히 알아서 할까.

언니 말에 엄마가 정색을 했다.

그러다 헤어지기라도 하면, 승원이야 흠 될 거 없어도 앤 여자잖니.

엄마, 그거 엄마가 할 소리는 아니지 않아?

언니가 화과자를 베어먹다 말고 쏘아붙였다. 보라는 가만히 찻잔을 내려다보았다.

그래, 뭐 어린애니. 알아서 잘하겠지.

어, 얘는 원래 알아서 잘해. 어릴 때부터 쭉. 그런 소리나 할 거면 일어나셔, 가게.

언니.

자리에서 벌떡 일어난 언니가 신경질적으로 파카를 걸쳤다.

성질은. 이거나 다 마시고 일어나.

엄마는 단감 모양 화과자를 집었다가 접시에 도로 내려놓고 느긋하게 남은 차를 마셨다. 언니는 지퍼를 채우며 화를 억눌렀다.

이해해보려고 해도 도대체가 이해가 안 돼. 뭐가 그렇게 늘 당당해, 엄마는?

찻잔을 비운 엄마가 핸드백에서 거울과 립스틱을 꺼내 꼼꼼하게 립스틱을 덧발랐다.

그럼 내가 언제까지 미안해해야 되니?

기가 찬 듯 언니는 입을 벌리고 엄마를 흘겨보았다.

미안한 적은 있고? 나 같으면 평생 미안할 거야. 어린 딸들을 몇 년씩이나 친척집에 할머니네에, 보육원까지 떠돌게 했으면, 어?

다시 데려왔잖니.

그게 데려온 거야? 재혼할 때 구색 맞추려고 데려다 앉힌 거지?

넌 다 지난 일을 가지고 언제까지 물고늘어져?

물고늘어져?

그만해, 언니.

그리고 지금 그 얘기가 왜 또 나오니?

나오게 하잖아, 엄마가.

넌 너만 옳고 너만 잘났지? 네 도덕관념을 왜 다른 사람한테 강요하니?

잠시 괴괴한 정적이 흘렀다.

애, 머리 울린다. 그만 가. 지하철역에나 내려줘.

엄마는 태연하게 코트를 입고 옷매무새를 가다듬었다. 언니는 울분을 참으며 현관에서 부츠를 신었다. 보라가 따로 챙겨둔 화과자를 내밀자 너 먹어, 하고 속삭이며 억지웃음을 지어 보였다. 겉옷을 입고 따라나서려는 보라를 언니가 말렸다.

추워, 그냥 있어. 전화할게.

또 보자.

엄마는 보라 얼굴을 보지도 않고 돌아서서 현관문을 나섰다.

온 지 삼십 분도 안 되어 두 사람이 떠났다. 보라는 태풍이 할퀴고 간 볏논 한복판에 내동댕이쳐진 것만 같았다. 엄마와의 만남은 언제나 이런 식으로 마무리되었다. 그 무엇도 인정받지 못하고 보라 자신마저 부정당하는 기분으로. 엄마는 매번 질문 공세로 사람 속을 뒤집어놓고는 대답할 겨를도 없이 그래, 알아서 잘하겠지, 하며 대화를 끝맺어버렸다. 그건 진심으로 믿거나 인정해서가 아니라고, 그저 냉담한 무관심일 뿐이라고 보라는 생각했다.

오 년 전 언니 결혼식에서 겪었던 미묘한 불편함을 엄마는 반복하고 싶지 않을 것이다. 언니는 식을 앞두고 신부 입장을 새아버지와 하지 않겠다고 선언했다. 신랑 신부 동시 입장을 할 것이며 식순에서 양가 모친의 촛불 점화도, 부모님께 올리는 절도 생략할 거라고 했다. 예식 날 엄마와 새아버지는 굳은 얼굴로 하객석 맨 앞줄에 앉아 있었다.

어쩌면 엄마에게 딸들의 결혼식은 달갑지 않은 자리일지도 모른다. 차라리 하지 않기를 바랄지도, 그 본심을 숨기기 위해 오히려 식이라도 올리고 살라고 말하는 것일지도 모른다. 그렇게 보라의 심리를 교묘하게 이용해 자신이 원하는 바를 얻어내려는 것일지도 모른다. 지금껏 엄마가 보라에게 바라는 일들을 보라는 기를 쓰고 하지 않았으니까. 거기까지 생각이 미치자 보라는 소리치고 악다구니를 쓰며 엄마와 부딪치는 언니보다 자신이 더 꼬여 있다는 것을 깨달았다. 꼬일 대로 꼬이고 엉켜 풀기 어려운 매듭이 되어버렸다는 걸.

상에 놓인 빈 잔을 보며 보라는 지난날을 되새겼다. 오래전 일이지만 지금까지도 이어지고 있는 듯했다. 단란한 가정, 다정한 부모와는 무관했던 어린 시절. 그 혹독했던 세월이 자신을 조금도 훼손하지 않았다고 줄곧 믿어왔다. 그런데 화과자에 남아 있는 엄마의 선명한 손자국을 보자, 스스로 훼손을 인정할 수 없었던 것인지도 모르겠다는 생각이 들었다. 인정하면, 인정해버리면, 그것은 정말 훼손으로 남을 테니까.

보라는 휴대폰 앨범을 열어 그날 오후 승원의 본가에서 찍은 사진을 찾았다. 거실 장식장에 있던 액자를 찍은 것이었다. 사진 속에서 승원과 그의 부모가 푸른 바다를 등지고 나란히 서서 활짝 웃고 있었다. 아버지의 퇴직을 축하하기 위해 다낭으로 떠난 여행에서 찍은 것이라 했다. 편안한 세 사람의 표정. 보라는 경험해본 적 없는 단란한 가정의 화기가 사진에 담겨 있었다. 보라는 자신도 그들 곁에 서서 웃고 싶다는 충동을 느꼈다.

*

토요일, 보라와 승원은 아침부터 서둘러 집에서 나왔다. 마트에 들러 소고기와 과일을 사서 승원의 본가로 향했다. 보라는 전날 밤부터 체한 것처럼 속이 매스꺼워 가는 길 내내 멀미에 시달렸다.

점심 무렵 약속보다 이르게 본가에 도착했다. 승원의 부모가 사는 집은 골목 맨 끝에 자리한 이층 단독 주택으로 지은지 사십 년이 넘었다지만 담이며 외벽이 잘 관리되어 낡거나 허름한 느낌이 들지 않았다. 앞마당에는 수령이 오래되어 보이는 자목련과 떡갈나무, 감나무가 있었는데 그것들은 승원 아버지의 보물이자 자랑이었다. 승원은 이곳에서 나고 자라 독립하기 전까지 살았다고 했다.

실내는 보라가 지난번 왔을 때와 크게 달라진 것이 없었다. 갈색 나무로 된 벽과 마루, 벽에 걸린 액자들, 푸른빛이 감도는 환한 조명등, 쓸모에 따라 알맞은 자리에 놓인 세간살이들. 집안 전체에 은은하게 풍기는 섬유유연제 향기도 여전했다. 모든 게 전과 같았지만 왜인지 보라는 전과 사뭇 다른 인상을 받았다. 집의 모든 것이 너무나도 깔끔하고 정연하게 통제된 느낌이었다.

칼국수 괜찮지?

승원 어머니가 샤인머스캣 박스를 받아들며 보라에게 미소를 지었다. 부엌으로 따라가 도울 게 있는지 묻자 그녀는 엄연한 손님이니 앉아서 쉬라며 손사래를 쳤다. 승원 아버지가 새벽부터 반죽을 만든다고 부산을 떨었다며 수줍게 말하고는 대파를 가지런히 어슷썰었다.

승원이 찾을 물건이 있다며 이층으로 올라가고 거실에는 보라와 승원 아버지만 남았다. 식탁이 차려지길 기다리는 동안 그는 거실 벽에 걸린 사진 액자를 손으로 가리키며 보라에게 이런저런 옛이야기를 들려주었다. 대문 옆에 문패를 거는 젊은 부부, 승원의 돌잡이, 유치원 첫 소풍, 태권도 도복을 입고 발차기를 하는 어린 승원, 보이스카우트 캠핑, 밴드 공연에서 드럼을 치는 승원, 유럽 배낭여행, 밴쿠버 어학연수, 초등학교부터 대학교까지의 졸업식 사진들. 벽면 한가득 승원이 살아온 순간들이 빼곡히 붙어 있었다. 보라는 승원 아버지의 이야기를 들으며 간간이 고개를 끄덕였다. 처음 왔던 날 이미 들은 이야기였지만 집게손가락을 뻗어가며 열띤 목소리로 설명하는 그를 말리지 않았다. 보라는 사진 액자들을 훑어보았다. 승원과 그의 부모, 말간 여섯 개의 눈을 한참 들여다보았다.

칼국수가 다 끓었을 때쯤 차가운 가을비가 내리기 시작했다. 네 사람은 식탁에 앉아 겉절이김치와 파전을 곁들여 칼국수를 먹었다. 승원 어머니가 연거푸 냄비에서 국수를 떠 보라의 그릇에 담아주었다. 보라는 주는 대로 꾸역꾸역 받아먹었다. 그날 식사는 결혼식 계획을 구체화해보자고 모인 자리였지만 올해는 글렀으니 빨라도 내년 여름이나 가을은 되어야 하지 않겠느냐는 결론으로 흐지부지 끝났다. 후식으로 과일과 케이크까지 먹고 나서야 보라와 승원은 자리에서 일어났다. 승원 어머니가 겉절이김치를 싸주었고 이어 아버지까지 대문 밖으로 나와 두 사람을 배웅했다.

돌아오는 차 안에서 보라는 한마디도 하지 않았다. 차창 쪽으로 고개를 돌린 채 눈을 감았다. 돌이켜보면 아무 문제 없는 하루였다. 더없이 순조로운 하루였다. 그런데도 이 모든 것이 잘못되었다는 생각을 떨칠 수가 없었다.

승원의 본가에 가기 전부터 체기가 있었던데다 과식을 한 탓에 보라는 밤새 속앓이를 했다. 잠을 이루지 못하고 뜬눈으로 누워만 있다가 부엌으로 나갔다. 동이 트려는지 성에 낀 유리창으로 새벽빛이 스며들었다. 보라는 매실차를 만들어 식탁 의자에 앉았다. 소파 테이블 옆에 웅크리고 있는 검은 집쥐를 보면서 입김을 불어 차를 식혔다.

속이 많이 안 좋아?

잠에서 깬 승원이 안방에서 나오며 하품을 했다.

응.

소화제도 안 듣고?

응.

손이라도 따줄까?

그거 플라세보효과래.

어?

진짜 낫는 게 아니고 낫는 것처럼 느끼는 거래.

승원이 텔레비전 받침대 서랍을 열어 뒤적였다.

그래도 그게 어디야. 바늘은 다 공방에 있어?

우리……

보라가 뜸을 들이다 입을 열었다.

비밀 하나씩 얘기할까.

*

시 쓰신다면서요. 저도 읽어볼 수 있을까요?

나 중 에 요 시 많 아

많아요? 그럼 모아서 시집 내면 좋겠네요.

회 고 록 쓰 고 싶 어 요 내 가 살 아 온 얘 기

회고록에 시도 넣으면 되겠네요.

사 진 도

회고록 쓰면 누구한테 가장 먼저 보여주고 싶으세요?

부 모 님 동 생

가족들과는 전혀 연락 안 하세요?

원 장 이 안 알 려 줘 자 기 한 테 말 하 래 요 내 가 죽 어 나
가 야 연 락 할 까

가족들이 찾아온 적은 없으세요?

없 어 한 번 도 돈 은 보 내 요 월 3 0

가족들 보고 싶으세요?

보 고 싶 은 맘 은 이 제 아 니 고 궁 금 해 요 잘 사 는 지

누가 가장 궁금하세요?

동 생 7 살 어 려 요 내 가 많 이 예 뻐 했 어

어릴 때 같이 놀기도 하셨어요?

그 땐 다 리 힘 있 어 서 같 이 방 에 서 축 구 했 어

방에서요?

바 닥 앉 아 서 패 스 하 고 골 넣 고

축구공으로요?

우 리 가 공 만 들 었 어 요 아 버 지 양 말 뭉 쳐 서

*

조경진입니다. 연락 꼭 부탁드립니다.

승원의 휴대폰 화면에서 경진의 이름을 처음 본 것은 근로
자의 날 오전이었다. 보라는 정확히 기억했다. 전날 나흘간의
출장에서 돌아온 승원과 모처럼 극장 데이트로 기분을 내기로
한 날이기도 했다. 승원이 샤워하러 욕실로 들어간 사이 보라
는 거실에서 빨래를 개고 있었다. 소파 테이블에 놓인 승원의
휴대폰에서 알림음과 함께 메시지가 연달아 떴다.

뵙고 말씀드릴 수 있을까요.

이렇게 끝내면 안 되는 일이라고 생각해요.

보라는 수건을 개다 말고 승원의 휴대폰을 뒤집어놓았다.
메시지 알림음이 울리니 반사적으로 눈길이 갔는데 본의 아니
게 승원의 사생활을 훔쳐보는 것만 같아 꺼림직해서였다. 뒤
집어놓은 휴대폰에서 메시지 알림음이 몇 번 더 울렸다.

마른장마와 폭염을 지나는 동안 보라는 경진의 이름을 여러
번 보았다. 하루는 승원에게 조경진이 누구냐고 물어보았다.
계속 신경이 쓰였지만 대수롭지 않다는 듯이. 보통은 그런 질
문에 선선히 대답하곤 했는데 그때는 낌새가 달랐다. 그는 휴

대폰을 바지 주머니에 넣으며 대답했다.

아무도 아니야.

아주 짧은 순간, 승원의 얼굴에 서늘한 빛이 스쳤다. 보라는 자세히 물어보려다 입을 다물었다. 메시지를 여러 번 받았지만 연락처에는 저장되어 있지 않은 사람, 그렇다고 번호를 차단하지도 않은 사람, 매번 연락을 부탁하고 만나길 청하는 사람. 그런 사람이 아무도 아닐 수는 없다고 보라는 짐작했다.

태풍의 영향으로 열흘 가까이 비가 오락가락하던 어느 날, 보라는 미리 메모해두었던 경진의 번호로 전화를 걸었다. 승원의 말을 믿어야 한다고, 아무도 아니라는 그 사람을 모른 척 넘겨야 한다고 생각하면서도 한편으론 무례를 범해서라도 한번은 꼭 확인하고 싶었다. 신호가 울리고 이윽고 차분하고 낮은 여자 목소리가 들려왔다.

저, 장승원씨와 같이 사는 사람인데요.

휴대폰 너머로 적막이 흘렀다.

아, 안녕하세요.

실례지만 전화 받으시는 분은 누구시죠?

저는…… 생각하시는 그런 사이는 아니에요. 오해 없으셨으면 해요.

보라의 목소리가 날카롭게 느껴졌던지 경진이 조심스럽게 답했다. 오해라는 단어를 곱씹으며 보라는 조용히 침을 삼켰다.

정원씨 일로 연락드린 거였어요.

누구요?

장정원씨요. 장승원씨 형님이요.

보라가 아무런 대답이 없자 경진이 말을 이었다.

혹시 모르셨어요?

승원에게 형이 있다는 이야기를 보라는 처음 들었다.

그럼, 장승원씨한테 직접 들으시는 게 좋겠어요. 제가 말씀
드리는 게 적절하지 않은 것 같아요.

괜찮으니까, 말씀해주세요.

보라가 단호하게 말하자 경진이 깊은숨을 내쉬었다.

긴 얘기가 될 텐데요.

괜찮아요.

망설이던 경진이 입을 열었다.

정원씨, 그러니까 승원씨 형님은 중증장애인 거주 시설에서
삼십일 년을 지내셨어요. 사월 말에 갑작스럽게 돌아가셨고요.
시설에서는 단순 낙상이라고 하는데 저는 석연치가 않아서요.

경진은 자신을 기자이자 다큐멘터리 감독이라고 소개했다.
오 년 전부터 한 언론사의 시민 기자로 일하면서 중증장애인
거주 시설의 실태를 알게 되었다고 했다. 그녀는 장애인 탈시
설과 관련된 시위 현장, 정책 포럼, 장애인 당사자와 가족 모
임을 찾아다니며 사진과 동영상으로 현장을 기록하고 기사를

썼다. 그리고 그 경험을 토대로 다큐멘터리를 준비하고 있었다. 정원을 만난 건 취재차 갔던 보치아 대회에서였다. 보치아는 공을 던지거나 굴려 표적구에 가장 가까이 보낸 선수가 득점을 하는 장애인 스포츠로, 종종 전국 규모의 대회가 열렸다. 그날 경진은 정원의 모습에 특히 눈길이 갔다. 정원은 경사로와 비슷한 보조기구인 램프를 이용해 투구했는데, 출전한 선수 중 그 누구보다도 진지한 태도였다. 경기를 마치고 정원을 인터뷰하면서 두 사람은 연락처를 주고받았고 이후에도 서로 메일로 연락하며 지냈다. 그러다 정원이 일주일에 두 번 시설 밖에서 보치아 연습을 할 수 있게 되자 경진은 틈날 때마다 카메라를 들고 찾아가 인터뷰를 했다. 그렇게 삼 년 가까이 인연이 이어졌다고 했다.

정원씨는 하루라도 빨리 시설에서 나오고 싶어했어요. 이젠 자유롭게 살고 싶다고요.

정원은 삼십일 년 동안 시설 세 곳을 옮겨 다니며 지냈다. 열세 살에 처음 들어간 시설에서 십칠 년, 서른 살이 되어 옮겨간 곳에서 삼 년, 더 외진 지역으로 또다시 옮겨가 십일 년을 살았다. 시설을 나가 자립해 살고 싶었지만 정원의 의지만으로는 불가능했다. 마흔넷의 성인인데도 정원이 혼자 결정할 수 있는 일은 아무것도 없었다. 시설을 옮기는 것, 시설을 나가는 것 모두 부모의 동의가 필요했다.

정원씨 부모님은 시설을 나가는 데 동의하지 않으셨다고 들었어요. 거의 이십 년 만에 부모님과 통화를 했는데 그러셨대요. 거길 나오는 건 절대 있을 수 없는 일이라고, 네가 살 곳은 거기라고.

암담한 상황 속에서 정원은 결단을 내렸다. 외부인에게 도움을 청해 시설을 나가기로 마음먹은 것이다. 정원은 경진에게 자신이 처한 상황과 시설에서 탈출할 계획을 적어 보냈다. 그는 메일을 쓰기 위해 모두가 잠든 새벽 컴퓨터가 있는 구석 방으로 매일같이 기어갔다. 집게손가락 끝으로 한 자 한 자 키보드를 두드렸다. 시간이 허락하는 만큼 쓰고 임시저장을 했다. 다시 거실과 복도를 기어서 다섯 명이 잠자고 있는 좁은 방으로 돌아와 몸을 누였다. 낮에는 무엇을 쓸지 머릿속으로 생각하고 밤이 되면 전날 쓴 문장에서부터 이어 썼다. 전하고 싶은 말을 최대한 간략하게 써 보내는 데 꼬박 보름이 걸렸다. 정원에게 이 모든 이야기가 담긴 메일을 받았던 밤을, 그 빼곡한 글자들을 경진은 잊을 수 없다고 했다.

정원은 가을에 열리는 전국장애인체육대회 때를 노리기로 했다. 보치아 경기에 참가해 시설과 멀리 떨어진 도시에서 삼박 사일을 보낼 예정이었다. 시설 원장이나 직원들의 감시가 없는 틈을 이용해 장애인 인권단체 활동가들과 합류하겠다는 계획이었다. 가을 전까지 정원을 도울 단체와 활동가를 찾고 지낼 거처를 미리 마련해야 했다. 경진이 정원의 메일을 받은 것은 일월, 체전까지 아직 시간이 남아 있었지만 마음은 조급하기만 했다. 정원을 도울 수 있는 길을 사방팔방으로 찾아다니며 시설 밖 정원의 삶을 준비했다. 그러던 중 사월 이십칠일 저녁, 정원을 돕기로 한 활동가로부터 정원의 부고를 전해들었다.

한 활동가가 염습하고 나온 장례지도사들이 하는 얘기를 우연히 들었대요. 전동 휠체어에서 떨어졌다고 하는데, 그런 경우 보통은 얼굴이나 어깨, 팔 등에 타박상이나 골절을 입게 마련인데 가슴과 배에만 멍이 넓게 퍼져 있었다고요. 그래서 정원씨 부모님께 조사와 부검을 해봐야 한다고 여러 차례 설득했는데 필요 없다고 딱 자르셨대요. 죽어서는 편안하고 자유로워야 하지 않겠느냐고, 화장할 거라고.

경진은 정원의 장례식장에서 승원을 만났다고 했다. 형의 정확한 사인을 밝히는 데 함께해주기를, 그동안 경진이 찍은 인터뷰 영상과 정원이 쓴 시들을 받아주기를 부탁하려고 그렇게 여러 번 연락한 것이라고 했다.

승원씨가 처음엔 호의적이었어요. 그런데 삼일장이 끝나고 태도가 바뀌었어요. 부모님이 정원씨 죽음을 문제로 키우는 걸 원치 않는다고요. 미안하지만 본인도 어쩔 수 없다고요.

두 사람은 한동안 말을 잃었다. 침묵 끝에 보라가 물었다.

제가 대신 받아도 될까요?

*

시설에서 나가면 뭘 가장 먼저 하고 싶으세요?
야 학 가 공 부 하 고 싶 어 요 시 쓰 고
시가 왜 좋으세요?
함 축 할 수 있 고 머 리 로 미 리 쓸 수 있 어
그럼 머리로 미리 썼다가 컴퓨터로 옮기시는 거네요?
외 운 거 두 드 리 면 시 돼 요
어떨 때 주로 시를 구상하세요?
죽 고 싶 다 생 각 들 때
시를 생각하면 죽고 싶다는 생각이 좀 사라져요?
컴 퓨 터 실 갈 때 기 어 서 전 쟁 터 간 다 타 자 칠 때 총 쏜
다 생 각 해 요 나 아 직 안 죽 어 탕 탕 탕
시로 투쟁하는 거네요?
싸 워 도 안 다 쳐 아 무 도
공부하고 시 쓰는 거 말고 또 하고 싶은 건 없으세요?
방 혼 자 쓰 고 술 도 먹 고 사 랑 도 하 고 평 범 한 행 복 하
고 싶 어 요

*

   긴 통화를 하고 이틀 뒤, 보라와 경진은 공방 근처 카페에서 만났다. 태풍이 지나가고 대기의 먼지가 씻겨 맑고 시원한 바람이 불었다. 멀리 보이는 산자락과 건물들의 테두리가 가위로 오려낸 것처럼 뚜렷하게 보였다. 먼저 카페에 도착해 있던 보라는 유리문을 밀며 들어서는 경진을 첫눈에 알아보았다. 마주친 적이 있는 얼굴이었다. 지난해 가을 승원의 본가에 갔던 날 대문 앞에서 승원 어머니와 대화를 나누던 사람, 집 앞에 차를 세우자 승원 어머니가 급히 인사하며 보낸 사람. 잠깐이었지만 짧게 친 머리와 체구에 비해 커다란 배낭을 멘 모습이 인상 깊게 남아 있었다. 손님이 오셨었나봐요? 차에서 내린 보라가 가볍게 말을 건넸을 때 승원 어머니는 미소를 띠며 답했다.

   아무도 아니야. 쌀쌀하지? 어서 들어가.

   맞은편 의자에 앉은 경진이 보라의 눈을 똑바로 바라보았을 때, 보라는 그제야 비로소 그동안 마음 한편에 밀어둔 의심의 조각들을 직면할 수 있었다. 공방에 앉아 경진이 유에스비에 담아 온 정원의 인터뷰 영상들과 정원이 쓴 시들을 시간을 들여 살펴보았다. 빠짐없이 보고 나서 며칠 후 경진에게 전화를 걸었다. 정원이 마지막 십일 년을 지냈던 시설에 같이 가줄 수 있는지 물었다. 지금은 거주하던 이용자가 전부 떠나고 폐쇄되었다고 경진이 말했다. 상관없다고 하자 경진은 두말없이 그럼 다음주에 가보자고 했다.

경진의 차로 세 시간을 달려 시설에 도착했다. 폐쇄된 시설은 마치 부수다 만 수용소처럼 보였다. 유리창 대부분이 깨지고 군데군데 거미줄이 쳐져 있었다. 노란 장판이 깔린 바닥은 비바람에 실려온 흙먼지와 나뭇잎들로 더러웠다. 복도 양옆으로 늘어선 서너 평 남짓한 여러 개의 방, 잠금장치가 바깥에 달린 문고리, 두 개의 방 사이에 자리한 두 개의 문이 달린 화장실, 방마다 놓인 똑같은 모양의 낡은 합판 서랍장과 이불장, 창문에 설치된 촘촘한 방범 창살, 여기저기 구멍 난 모기장. 경진이 앞서 걸으며 시설에 관해 설명했다. 보라는 묵묵히 그녀의 뒤를 따랐다. 건물 전체를 둘러보는 데는 이십 분도 걸리지 않았다.

두 사람은 돌아오는 길에 도로변의 칼국수 전문점에 들렀다. 경진은 칼국수를, 보라는 만두를 주문했다. 경진이 사기컵에 따뜻한 보리차를 따라 보라 앞에 놓으며 말했다.

뭐 하나 물어봐도 돼요?

네.

왜 이렇게까지 하세요?

보라가 눈을 내리깔며 두 손으로 잔을 감싸쥐었다.

이렇게 해야 할 것 같아서요. 아니, 이렇게 하고 싶어서요.

보라가 경진을 쳐다보자 그녀는 조용히 고개를 끄덕였다.

면 싫어하세요? 다른 데 갈 걸 그랬나요?

괜찮아요. 만두 좋아해요.

보라는 칼국수를 좋아하지 않았다. 칼국수를 보면 보육원에서 지내던 시절이 떠올랐다. 보라와 언니를 맡아 키우던 외할머니가 갑작스레 세상을 떠나자 엄마는 먼 친척이 운영한다는 보육원에 자매를 맡겼다. 시외버스터미널에서 버스를 두 번 더 갈아타야 하는 외진 동네였다. 일 년에 한두 번 엄마가 찾아와 자매를 데리고 읍내 시장에서 칼국수를 사주었다. 주로 시장 상인이나 동네 어르신들이 드나드는 값싸고 양이 넉넉한 식당이었다. 처음 한두 번은 칼국수를 입에 대지도 않고 언제 집에 갈 수 있느냐고 울먹이며 투정을 부렸다. 나중에는 엄마가 찾아오지 않을까봐 겁이 났다. 어린아이가 한 그릇을 다 먹기에는 많은 양이었는데도 보라는 스테인리스 사발을 숟가락으로 싹싹 긁어가며 국물까지 남김없이 먹었다. 엄마에게 말 잘 듣는 아이로 보이고 싶어서였다. 착하게 굴면 엄마가 곧 집으로 데려갈 거라고 믿었다.

칼국수를 먹고 엄마가 시장에서 사준 머리핀이나 방울을 손에 쥔 채 보육원으로 돌아온 날이면 밤에 잠이 오지 않았다. 보라는 잠든 아이들 틈에 누워 내년 또는 내후년에 자신이 어디에 있게 될지를 상상했다. 여섯 명이 함께 자는 보육원의 이 비좁은 방일까, 아니면 엄마와 언니랑 사는 새집일까. 그곳에 선 나만의 방을 갖게 될까. 그런 상상을 하고 있노라면 어김없이 천장과 지붕 사이를 오가는 집쥐 소리가 들렸다. 찍찍 울어 대기도 했고 날래게 돌아다니기도 했다. 집쥐들의 걸음소리가 보라에게는 꼭 이렇게 들렸다.

사사사, 사사사.

이따금 보육원 원장이 천장에 작은 구멍을 뚫어 쥐약을 놓았다. 쥐약을 먹은 집쥐는 심한 갈증을 느껴서 밝은 곳으로 나와 죽는다고 했다. 하루나 이틀쯤 지나면 건물 밖 모퉁이나 마당 한쪽 쥐구멍에서 집쥐가 발견되었다. 쥐약을 먹은 집쥐는 도망칠 기력도 없는지 사람이 다가가도 움직이지 않았다. 둥글납작하게 몸을 말고 가만히 웅크리고만 있었다. 집쥐의 숨통이 끊어지면 원장은 사체를 모아 녹슨 드럼통에 넣고 쓰레기와 함께 태웠다. 아이들은 먼발치에서 매캐한 연기가 피어오르는 광경을 지켜보았다. 쥐가 불쌍하다고 울먹이는 아이가 있으면 원장은 무심하게 말했다.

어쩔 수 없어. 사람이랑 쥐는 한집에서 살 수 없는 거야.

그럼 집쥐는 어디에서 누구와 살 수 있는 걸까. 어린 보라는 궁금했다. 엄마 손에 이끌려 보육원에서 나와 새아버지, 의붓 남동생과 살게 된 뒤에도, 한방에 이층 침대 두 대가 놓인 대학 기숙사에서 살 때도, 독립해 반지하방에서 혼자 살 때도 쉬이 잠이 오지 않는 밤이면 보라는 천장에 어린 거무튀튀한 어둠을 올려다보며 웅크린 채 죽어가는 집쥐를 떠올리곤 했다. 그리고 그런 얘기는 언니 말고는 누구에게도 한 적이 없었다. 승원에게조차도.

돌아오는 차 안에서 보라는 마음에 품고 있던 의심들과 경진이 유에스비에 담아준 인터뷰 영상, 수백 편의 시, 폐쇄된 시설의 광경을 머릿속에서 잇대어보았다. 그 낱낱의 조각이 맞닿고 이어지며 한 사람의 형상을 만들었다. 이제는 세상에 없는 사람, 떠나간 후에야 보라 앞에 선명하게 나타난 사람.

두 조각의 천을 잇대기 위해서는 적어도 두 개의 바늘구멍이 필요하다고 외할머니는 말했다. 이쪽에 하나, 다른 쪽에 하나. 각각 구멍이 있어야 무엇으로든 이을 수 있다고 했다. 할머니가 살아 있다면 보라는 묻고 싶었다. 그럼 내 앞에 나타난 이 구멍들은 무엇으로 이어야 해, 할머니? 무엇으로 단단하게 이을 수 있어?

*

우리…… 비밀 하나씩 얘기할까.

갑자기?

나 먼저 할게.

당황한 승원이 보라를 돌아보았다. 보라는 서두르지 않고
작은방으로 들어갔다. 이윽고 노트북과 노끈으로 철한 에이포
용지 뭉치를 가지고 나와 식탁 한가운데 올려놓았다.

조경진씨를 만났어.

첫새벽의 푸른 어둠 속에서 보라가 승원의 눈을 똑바로 바
라보았다.

*

이 생은

모든 우주에 흩어진 내 생들이

비껴간

불운한 원자의 총합

이 몸은

쉴새없이 떨리며

고정되기를 거부한다

불운의 나머지를 증명하려 한다

끊임없이 떨며

끊임없이 떨리며

행복의 위치 이동을 쫓는다

행복하게 행복한 행복의 행복은 행복이

떨리는 동안은

하여 행복을 산다 오로지

담담

은석과 만나는 동안 내가 수윤을 떠올린 적이 없다고 한다면 그건 거짓말이다.

　수윤과 나는 스물셋에 만나 서른넷에 헤어졌다. 두 번 헤어졌다가 두 번을 다시 만났고, 세번째 헤어지고 나서야 비로소 끝이 났다. 수윤과 이별한 뒤에 나는 짧은 연애를 연달아 이어가곤 했는데 결과적으로 상대와 나 모두에게 해롭고 파괴적인 관계로 끝났다. 나중에야 깨달은 것이지만, 내가 나쁜 연애를 할 수밖에 없는 이들에게 거듭 끌렸다고 하는 게 정확할 것이다. 타고난 균열을 가진 어딘가 불안정한 사람들, 끊임없이 확신을 요구하는, 얼마쯤 수윤을 닮은 사람들. 수윤은 사랑의 모양은 결국 실패가 된다고 입버릇처럼 말했다. 나는 그런 수윤의 사랑을 모방하고 복제하면서 오랫동안 시간과 마음을 거리낌없이 흘려보냈다.

그 시절, 나는 자주 내일이 없는 사람처럼 술을 마셨다. 술에 취하면 밤사이 일들이 기억에서 사라졌고 그 망각은 다소 뒤틀리고 미쳐 있는 내 상태를 견디게 하는 손쉬운 미봉책이 되어주었다. 새벽녘, 타는 듯한 갈증에 깨어나면 대체로 내 원룸이거나 당시 사귀던 연인의 집이었지만 가끔은 낯선 침대 위이기도 했다. 어스름 속에서 낯선 장소에 있는 나 자신과 옆에 잠든 낯선 이의 모습을 발견하는 일은 매번 나를 당혹스럽게 했다. 나는 내 경솔함이 참을 수 없이 혐오스러웠고 그 경솔함이 술 때문이라고 핑계를 대면서도 또다시 인사불성이 되도록 술을 마시고 마는 스스로에게 진저리가 났다.

갈증을 달래고 정신이 들면 뒤이어 깊은 한숨, 상처 입은 표정, 숨막히는 침묵 같은 것들이 두서없이 떠올랐다. 내가 내 연인을 다시금 실망시키고 말았다는 죄책감이 가슴을 짓눌렀다. 그와 동시에 머릿속을 굴러다니는 쇠구슬 같은 취기와 마감 스트레스, 회사에서 내 자리가 위태로울지 모른다는 압박감이 극에 달해 풍선처럼 부풀어올랐다. 터져버릴 듯한 긴장이 최고조에 이르면 뇌는 굶주린 개에게 고깃덩어리를 던져주듯 한 단어나 한 문장, 어떤 이미지를 내게 일러주었다. 나는 그것들을 덥석 물어 노트에 휘갈긴 뒤 회의에 가져가곤 했는데 문제는 그런 고깃덩어리가 꽤 쓸 만했다는 사실이다. 자기혐오와 도파민, 엉망진창과 성과, 죄책감과 뻔뻔함, 그 악순환의 고리가 찰칵 채워지는 순간이었고 나는 이십대에서 삼십대로 넘어오는 내내 그 족쇄와 같은 고리에 매여 있었다. 돌이켜보면 그건 뮤즈가 던져준 고깃덩어리가 아니었다. 스스로 갉아먹은 내 일부였을 뿐. 나는 나에 대한 혐오를 술로 적시면서 술로 혐오를 지웠다고 착각했다. 멈추지 않고 나쁜 연애를 반복했던 것도 어찌 보면 당연한 결과였다. 끊임없이 자책과 자문을 되풀이했다. 난 왜 이 모양일까, 도대체 내가 원하는 건 뭘까.

언어를 채집하는 일, 서로 무관해 보이는 관념과 단어를 모으고 분류하고 재배치해 대체 불가능한 적확한 표현을 발견하는 것이 내 업이었지만 나는 나 자신, 내 내면에서 일어나는 불가해한 일들에 관해서는 단 한 번도 적확한 표현을 찾은 적이 없었다. 그에 대한 불안과 회의감은 세월이 흐를수록 짙어졌다. 과연 그런 게 있기는 한 걸까. 있어야 할 자리에 마땅히 있는, 대체 불가능하고 적확한 단 하나의 무엇이.

나는 내게 마음을 내어준 이들과의 관계를 엉망으로 만들어버리곤 했다. 젊고 무모했다. 내가 젊고 무모하다는 걸 전혀 눈치채지 못할 만큼. 헤어진 연인들은 한결같이 내게 말했다.

넌 좀 미친 것 같아.

수윤은 내게 지진이자 해일, 사막이자 극지, 거스를 수 없는 중력이었다.

수윤을 만나기 전까지 나는 동성을 향한 갈망과 사랑을 느껴본 적이 없었다. 내게 그런 감정이 가능하다는 것도 알지 못할 만큼 나에 대해 무지했다. 수윤은 그때까지 내가 안다고 생각했던 나, 내 감각과 감정을 송두리째 흔들어놓았고 너무도 가볍게 나를 전복시켰다. 나는 하루에도 수십 번 아무도 모르게 무너지고 부서졌고 그렇게 흩어진 내 조각들을 가까스로 그러모아 수윤 곁으로 돌아갔다. 그랬으면서도 실은 내가 수윤에 대해 아무것도 모른다는 생각이 들었다. 그리고 끝내 수윤을 온전히 이해하지 못했다.

이해할 수 없는 사람을 사랑한다고, 사랑했다고 할 수 있을까. 오랫동안 궁금했다.

나는 수윤과 나의 관계가 돌이킬 수 없는 것임을 누구보다도 잘 알고 있었다. 그럼에도 일말의 가망, 그 비슷한 무엇을 마음 깊은 곳에 숨겨두었다. 언젠가 수윤과 내가 나이 지긋한 할머니가 되어 재회하게 될지도 모른다는, 이별로 점철된 우리 젊은 날의 과거를 나란히 누워 추억하게 될지도 모른다는 망상이었다. 그럴 만한 아무런 근거가 없는데도, 수윤과 연락조차 닿지 않은 지 오래였는데도 그랬다.

은석을 만난 서른일곱의 늦여름, 나는 내 안에 숨겨둔 일말의 가망이 서서히 잊히고 있다고 여겼다.

*

나는 은석을 소개팅에서 만났다. 순전히 현수 선배의 청을 거절할 수 없어 나간 자리였다. 선배는 나보다 두 학번 위이자 내가 몸담은 광고대행사의 대표이사였다. 선배가 창업한 회사에 제작부 인턴으로 입사해 제작 총괄이 되기까지 나는 그의 밑에서 일하며 함께 회사를 키워왔다.

현수 선배는 은석을 자기 처제의 절친한 친구의 사촌오빠라고 소개했다. 그냥 남 아닌가, 속으로 구시렁거리면서 회사 옥상에서 그와 맞담배를 태웠다. 대학 동기인 수윤과 내가 오랜 기간 만나고 헤어지기를 반복하다 결국 이별한 사실을 알 리 없는 선배는 평소 그답지 않게 소개팅 얘기를 끈질기게 늘어놓았다. 당시 나는 연애할 마음 따위는 추호도 없었고 가벼운 만남조차 소모적이라고 느낄 만큼 감정이 바닥을 드러낸 상태였다. 수윤과 헤어지고 삼 년 가까운 시간 동안 몸을 혹사해서 일에 몰두하고 성과에 목매며 한계까지 나 자신을 몰아붙였다. 자해이자, 유일한 낙이었다. 선배는 회사가 내 청춘을 고스란히 앗아가게 만든 것 같아 미안하다는 다소 감상적인 말까지 했다. 선배가 염려하는 것보다 나는 훨씬 약은 사람이었지만 그는 나를 안쓰럽게 보았다.

선배는 은석이 정말 괜찮은 사람이라면서 나와 그가 잘 어울릴 것 같다고 했다. 본래 남의 사생활에 별 관심이 없는 사람이 하는 말인데다, 전에도 몇 번 은석과의 소개팅 얘기를 꺼낸 적이 있던 탓에 나는 마지못해 만나보겠다고 대답했다. 소개팅이 잘 안되면 선배도 한동안은 내게 그런 자리를 주선하지 않을 거라는 계산도 섰다. 나는 마치 고객사로 미팅을 가는 마음으로 토요일 오후 종로에 있는 호텔 카페로 갔다.

카페에 들어서자 먼저 도착해 있던 은석이 엉거주춤 일어나 나를 맞았다. 긴장한 기색이 역력했다. 우리는 음료를 주문한 뒤, 오는 길의 교통 상황이며 호텔 주변 일대가 어떻게 변했는지, 요즘 날씨가 변덕스러워 옷 입기가 얼마나 까다로운지에 관해 가벼운 얘기를 나눴다. 눈매가 서글서글한 은석은 대화 도중 나와 눈이 마주칠 때마다 어색한 듯 살짝 아래로 시선을 피하곤 했는데 그 수줍은 소년 같은 인상 덕분에 나도 한결 부담을 누그러뜨릴 수 있었다. 나는 은석이 사려 깊게 질문하고 화제를 이어나가는 동안 이 자리를 어떻게 무례하지 않게, 그저 그런 의미 없는 만남으로 마무리할 수 있을지를 궁리하며 줄곧 옅은 미소를 지어 보였다.

아시겠지만, 저는 한 번 했었어요.

네, 들었어요.

나는 고개를 끄덕이며 마시던 커피잔을 컵받침 위에 내려놓았다.

저는 바이예요.

왜 그 말이 불쑥 튀어나왔는지 세월이 흐른 지금도 설명하기가 힘들다. 분명한 것은 초면인 그를 곤란하게 만들거나 무례하게 굴고 싶은 마음은 결코 아니었다는 사실이다. 오히려 그 반대에 가까웠다. 은석이 좋은 사람으로 보였기 때문에, 마흔을 갓 넘긴 이 진솔한 남자가 황금 같은 주말에 시간을 허비하며 더 가여워질 상황이 못내 미안스러워 그랬는지도 모르겠다. 은석이 네, 하고 짧게 대답한 뒤 커피잔을 입가로 가져가는 바람에 그가 어떤 표정을 짓고 있는지 알 수가 없었다. 나는 그가 내 말을 이해하지 못했다고 넘겨짚고 다시 한번 말했다. 그거야말로 무례할 수 있다는 걸 충분히 알았지만.

보통 양성애자라고 하죠.

네, 알아요. 방금 말씀하셨어요.

나는 그가 얼마간 입을 다물고 있다가 그럼 일어날까요? 라든가 불쾌감을 억누르며 왜 이 자리에 나온다고 하셨어요? 같은 말을 할 줄 알았다. 섣부른 판단이었지만, 스물셋에 스스로를 바이섹슈얼로 정체화한 이후 내게는 그런 경험이 숱하게 있었고 덕분에 배운 바도 있었다. 상대방을 알아가기 전, 가까워지기 전에 말하는 편이 훨씬 낫다는 것을, 서로에게 느끼지 않아도 될 감정을 뒤늦게 맞닥뜨릴 필요는 없다는 것을. 은석은 유리잔에 담긴 물을 남김없이 들이켜고는 입을 열었다.

그리고요?

은석이 내 눈을 똑바로 쳐다보며 물었다. 인내심이 묻어나는 진지한 말투였다. 그는 함께한 이래 가장 진중한 얼굴을 하고 있었는데, 그걸 보자 나도 모르게 피식 웃어버리고 말았다.

왜요?

그렇게 대답하실 거라곤 생각 못 했거든요.

그런가요.

네, 그러네요.

혜재씨만 괜찮으시다면 전 괜찮습니다.

그런가요?

네. 근데 혜재씨한테는 그게 가장 중요한 정체성인가요?

은석이 조심스럽게 물었고 나는 대답할 말을 고심하느라 잠시 입을 다물었다. 살면서 처음 받아보는 질문이었다. 가장 중요한 정체성인가, 나에게. 내가 바이섹슈얼이라는 사실에는 변함이 없었지만 이십대 때와 비교한다면 확실히 그 무게가 달라져 있었다. 내게 있어 빼놓을 수 없는 부분이자 당위임은 분명했지만 가장 중요한 정체성인지는 곧장 확답할 수 없었고, 그에게서 커다란 질문 하나를 받은 기분이었다. 은석은 테이블 아래에 두 손을 숨긴 채 잠자코 내 다음 말을 기다리고 있었다. 나는 그와 나 사이에 고여든 무거운 공기를 무마하려고 짐짓 쾌활하게 말했다. 실은 내 마음에 고여든 무거움이었지만.

배고프지 않으세요?

은석과 나는 근처에 있는 오래된 평양냉면집으로 가 냉면과 녹두전을 먹었다. 가게를 나와서는 배부르다는 핑계로 공원에서 긴 산책을 했다. 해가 저물기 시작하자 그가 한때 자주 드나들었다는 위스키 바 얘기를 꺼냈고 우리는 내친김에 그곳까지 걸어갔다. 은석은 위스키에 대한 해박한 지식이 있으면서도 잘난 체하는 것처럼 보이지 않으려고 애쓰면서 내 취향에 맞을 것 같은 위스키를 몇 가지 추천해주었다. 나는 향이 진하고 독한 위스키를 맛보면서 되는대로 맛과 향을 품평했고 그런 내 모습을 보던 그는 두 눈을 질끈 감으며 환하게 웃었다.

은석을 알아본 바텐더가 수박 두 조각을 서비스로 내주었던 기억도 난다. 은석은 내가 먼저 수박을 집을 수 있도록 접시를 내 쪽으로 넌지시 밀어주었다. 접시굽이 바 테이블의 나뭇결 위를 부드럽게 스치는 소리가 났다. 그의 몸짓이 물 흐르듯 자연스러워서 호의에 익숙한 사람이구나 생각했다. 은석과 나는 술병이 빼곡한 진열장을 바라보며 말없이 수박을 먹었다. 우리에게서 사각사각 소리가 번갈아 났다. 내가 접시 위에 껍질을 내려놓자 은석이 접시를 자기 쪽으로 살짝 당겨 껍질을 놓고는 혼잣말처럼 중얼거렸다.

깨끗하게 드시네요.

네?

깨끗하다고요.

그의 검지 끝이 내가 내려놓은 수박 껍질 테두리를 가리켰다. 옅은 연두색 과육에 내 잇자국이 일정한 모양으로 남아 있었다. 과연 그렇구나, 하며 보다가 그가 내려놓은 껍질을 보았다. 붉은 과육이 껍질 안쪽에 아주 얇게 남아 있었다. 이 사람 실없는 구석도 있구나, 취한 건가 생각하는데 그가 뭔가 망설이다가 말했다.

혜재씨, 저는 결혼을 했었잖아요.

네.

사실 이혼이 아니에요.

아니군요.

네. 보통 사별이라고 하죠.

은석이 뒷말을 잇지 않아 나는 괜스레 손끝으로 유리잔 표면을 매만졌다. 어떤 대답을 해야 할지 알 수 없어서였다. 그가 울먹이는 목소리로 말을 이었다.

한동안 저한테 가장 중요한 정체성은 유가족이었어요. 여전히 중요한 정체성이고요. 이제 '가장'이란 말은 빠지게 된 것 같아요. 육 년 걸렸네요.

은석이 잔에 남은 술을 털어 넣고 쓴 약을 삼킨 듯 콧살을 찡그렸다.

혜재씨, 그러니까 제가 하고 싶은 말은요. 사람은 참 복잡하다, 뭐 그런 싱거운 얘기예요.

은석이 고개를 푹 숙이며 접시에 놓인 수박 껍질 두 개를 가지런하게 바로잡았다. 그러고는 좀 취하는 것 같네요, 했다. 그에게서 취기가 느껴지진 않았지만 그는 부끄러운 듯 희미하게 웃었다. 그 순간, 은석과 내가 오래도록 알고 지내게 될 거라는 막연한 예감이 들었다.

얼마 지나지 않아 우리는 연인이 되었다.

은석은 수윤이 아닌 모든 것이자 내가 사귀었던 모든 연인 중 수윤을 닮지 않은, 그애의 그림자가 미치지 않은 유일한 사람이었다.

*

나와 은석은 삼 년을 만났고 그뒤 은석이 울산 지사의 신생

프로젝트 책임자가 되면서 장거리 연애를 하게 되었다. 프로젝트는 최소 일 년이고 예정보다 길어질 수도 있다고 했다. 거리가 멀어지긴 했지만 우리는 전과 다름없이 지냈다. 서울에서도 각자 일이 바빠 장거리 연애와 진배없이 지낼 때가 많았기 때문이다.

주말이면 은석이 서울로 오거나 내가 울산으로 가 시간을 보냈다. 우리는 주로 서로의 집에 머물면서 재밌게 보았던 영화를 다시 보고 좋아하는 가수의 엘피판을 돌려 듣고 동네를 산책했다. 밤이면 그가 아껴둔 위스키를 꺼내 한두 잔쯤 마시기도 했다. 별다른 주제 없이도 대화가 매끄럽게 이어졌고 대화만큼이나 아무 말 없이 멍하니 앉아 있거나 누워 있는 시간도 좋아했다. 그러다 마주본 얼굴을 찬찬히 쓰다듬고 손빗으로 머리를 쓸어넘겨주고 서로의 옷을 벗겨주기도 했다. 그와 몸을 포갤 때면 나는 부드럽게 상승하는 흥분과 잔잔한 안정감을 동시에 느끼곤 했는데 그건 예전 연애에서는 느껴본 적 없는 기분이었다. 내가 있을 자리를 마침내 발견한 느낌이었고 내가 그런 느낌을 가질 수 있다는 사실이 이따금 이상하고 신기하게 여겨지기도 했다.

울산 발령이 결정되었을 때 은석은 내게 혹시 같이 갈 의향이 있는지 물었다. 큰 기대를 가지고 한 말은 아닌 것 같았지만 내심 마음에 걸렸다. 만난 지 이 년쯤 지났을 무렵에 그가 지나가는 말처럼 결혼 얘기를 꺼낸 적이 있었기 때문이다. 애초 우리가 사귀어보기로 했을 때 나는 결혼과 출산 생각은 없다고 못박았고 그도 동의했었지만, 만나는 기간이 길어지고 서로가 서로에게 중요한 존재가 되어가는 걸 느낄수록 은석은 우리 관계에 합의된 구속 내지는 약속이 필요하다고 생각하는 것 같았다. 은석의 입장을 이해하지 못하는 건 아니었지만, 나는 그가 슬쩍 본심을 내비치고 내가 그것을 기어이 알아차리고 말 때마다 가벼운 농담으로 말머리를 돌리곤 했다. 내 인생에 결혼을 염두에 둔 적이 없었기 때문이기도 했지만 더 큰 저항은 따로 있었다. 내가 바이섹슈얼이라는 것. 나는 바이섹슈얼인 내가 결혼으로 은석과 묶이는 것이 무엇을 의미하는지, 또는 무엇을 의미하게 될지 깊이 고민하는 것을 최대한 미루고 있었다. 결혼은 내 정체성을 부정하는 일일까, 아닐까. 우리에게 결혼이 필요한가, 아닌가. 나는 약속이 싫은 건가, 책임을 피하고 싶은 건가. 한 사람과 남은 생을 기약한다는 것이 내게 가능한가, 그렇지 않은가. 질문들이 꼬리에 꼬리를 물고 이어졌지만 무엇 하나 답을 내릴 수가 없었다. 그리고 은석이 바이섹슈얼인 나를 받아들이는 것과 내가 이성애자인 은석을 받아들이는 데에도 분명한 차이가 존재할 거였다. 무엇보다 내가 느끼는 차이를 그에게 말로 풀어 설명할 수 있을지, 그의 이해가 내가 예상하는 이해와 일치할지도 의문이었다. 이 모든 우려는 레즈비언인 수윤이 나를 받아들이는 것과 내가 수윤을 받아들이는 것의 차이를 떠오르게 했고, 사랑의 모양은 결국 실패가 된다던 수윤의 입버릇에까지 뻗어나갔다.

기억은 오래전에 슨 곰팡이 같다.

과거의 여자친구나 남자친구들은 내가 이성과 동성 모두를 사랑할 수 있다는 것, 성적으로 끌리고 관계할 수 있다는 것을 머리로는 이해했지만 공감하지는 못했다. 그들은 궁금해했다. 어떻게 한 사람이 두 성별을 사랑할 수 있는지, 친구 중에도 사귀었던 사람이 있는지, 여자와 남자 중 누구를 더 많이 사귀었는지, 어느 쪽과 섹스할 때 더 만족하는지. 그런 질문들은 사랑의 온도가 정점에 있을 때는 질투 섞인 농담으로, 감정이 식어 이별을 목전에 두었을 때는 날 선 힐난으로 던져졌고 그 모두는 내게 메워지지 않는 균열로 남았다.

전 연인들에게 내가 바이섹슈얼이라는 사실은 나의 핵심이자 빈틈이었고 빈번히 의심의 빌미가 되었다. 한 남자친구는 말했다. 너는 그저 조금도 손해보거나 희생하고 싶지 않은 것뿐이라고, 사랑은 믿지도 않으면서 욕망만 채울 뿐이라고. 한 여자친구는 말했다. 너는 우리 관계를 너무 쉽게 생각하는 것 같다고, 널 만족시킬 수 있는 사람은 어디에도 없을 거라고. 나는 언제나 연인에게 불안의 씨앗을 먼저 꺼내 보여주는 사람이었고, 내가 완전히 그들에게 속해 있지 않다는 모호한 불

일치의 느낌을 주는 사람이었다. 그들에게 나는 자유분방하거나 문란하거나 회피 성향이 있는 사람으로 기억되었다.

가끔 궁금했다. 은석 역시 내게 하고 싶은 질문들이 있는지, 불안한 감정들을 느끼는지. 하지만 나는 묻지 않았다. 더 솔직하게는 묻기 두려웠다는 게 맞을 것이다.

복잡한 심경 속에서도 일상은 어김없이 굴러갔고 은석이 울산으로 간 뒤로 반년이 흘렀을 때였다. 그즈음 나는 잦아진 비딩이며 경쟁 피티 준비로 경황없는 나날을 보내면서 은석과의 관계에 대한 상념을 미뤄둔 채 지냈다.

장마가 본격적으로 시작되었던 주 금요일에 나는 은석을 만나러 울산으로 가기로 했다. 그 무렵에는 은석이 매번 서울로 오고 있었는데, 스케줄을 정리하다보니 그동안 바쁘다는 이유로 은석만 내 쪽으로 오게 한 건 아닌가 미안한 마음이 들어서였다. 급한 피티가 마무리된 참이기도 해서 나는 회사에서 점심을 때우고 울산으로 출발했다.

보름 만에 만나게 된 그날, 은석과 나는 저녁에 간절곶 쪽으로 나가 바다가 보이는 식당에서 바비큐를 먹을 계획이었지만 내가 빗길을 운전해 오느라 지친데다 여전히 거센 비가 내리고 있어 그의 오피스텔에 머물기로 했다.

걱정했어요. 도착할 때가 한참 지났는데 안 와서.

졸려서 쉼터에서 좀 잤어요.

나는 은석이 건네준 티셔츠에 머리를 집어넣으며 대답했다. 울산에 올 때마다 내가 자주 입는 그의 회색 티셔츠는 늘 단정하게 개어져 있었고 은은한 유칼립투스 냄새가 났다. 나는 소파 깊숙이 몸을 묻은 채 마른세수를 했다.

쉬고 있어요.

내가 잠시 눈을 붙인 사이 은석은 근처에서 치킨과 맥주, 내가 좋아할 만한 먹을거리를 잔뜩 사 들고 돌아왔다. 우리는 예능프로그램을 보며 그것들을 야금야금 먹어치웠다. 내가 졸린 눈으로 텔레비전 채널을 이리저리 돌리고 있는 동안 그는 어질러진 테이블을 정리하고 내 곁에 와 앉았다.

혜재씨, 오늘따라 조용하네요.

내가 은석의 어깨에 머리를 기댔다. 그가 내 목덜미에 손을 올렸고 곧 허리를 기울여 입을 맞추었다. 회사 일로 며칠 밤을 새우다시피 한 탓에 선뜻 내키지는 않았지만, 그의 뜨듯한 혀가 입속으로 들어오는 것을, 그의 손이 헐렁한 티셔츠 밑을 더듬는 것을 뿌리치지는 않았다. 주말 내내 이러고 있을까요. 은석이 속삭였고 나는 그의 입술을 살짝 깨무는 것으로 대답을 대신했다. 그가 흐흐, 하고 웃으며 얼굴을 찡그리는 모습이 사랑스럽다고 생각했다. 사랑스러움을 느끼는 것이 아니라 생각한다는 것이 좀 우습고 쓸쓸했지만.

우리는 은석이 아끼는 양가죽 소파에서 섹스를 했다. 언제가 마지막이었는지 기억이 가물가물할 만큼 오랜만이었지만 둘 다 내색은 하지 않았다. 빗소리가 끈질기게 들려왔다. 창가에 매달린 청회색 커튼은 낮인 것처럼 여전히 열린 채였고 어둑한 유리창에 그와 나의 모습이 어렴풋이 비쳐 보였다. 나는 숨겨져 있던 은석과 나의 여린 살갗이 맞닿으며 점점 뜨거워지고 끈끈해지는 것에만 집중하려고 애썼다. 열띤 숨이 이마 위로 가쁘게 쏟아지고 은석의 머리카락 끝에 매달려 있던 땀방울이 뺨 한가운데로 떨어졌다. 그의 벌어진 입술이 뭔가를 말하려는 듯 작게 달싹였다.

섹스할 때 그는 내 안에 단단하게 머물면서 좋아? 하고 이따금 반말로 물었는데, 그러면 나는 응, 좋아, 하고 답하면서 어둑하고 땀에 젖은 그의 얼굴을 올려다보았고 가끔은 우리의 첫 만남을 떠올리곤 했다. 내가 바이섹슈얼이라고 그에게 불쑥 말했던 순간, 그가 그리고요? 라고 되묻던 순간을. 그러다 보면 그의 물음이 사뭇 다르게 들렸다. 물음 앞 괄호 속에 그가 뱉지 않은 말이 갇혀 있는 것만 같았고 여자와 하는 것보다 더 좋은지 묻는 것처럼 느껴졌다. 물론, 그는 단 한 번도 내게 그렇게 물은 적이 없었지만.

눈물이 차올랐다. 그때까지 몸 안에 간신히 가두어져 있던 정확히 정의할 수 없는 감정이 순식간에 새어나왔다. 도저히 억누를 수가 없었다. 그의 아래에서 나는 나를 방류해버렸다.

내가 발작적인 울음을 터뜨리자 은석은 당황하는 기색 없이 내 뺨에 번진 눈물을 손등으로 닦아냈다. 나를 일으켜 앉히고는 가만히 끌어안았다. 한번 터져버린 울음은 멈춰지지 않았고 나는 그에게 무슨 말인가를, 구차한 변명이나 그를 안심시킬 어떤 말이라도 하고 싶었지만 말다운 말을 뱉을 수가 없었다. 그는 오열하며 온몸을 떠는 나를 꽉 껴안은 채로 괜찮아요, 혜재씨, 괜찮아요, 하고 말했다. 전혀 괜찮지 않았지만 뻔뻔하게도 그 말에 기대고 싶었다. 그의 말을 전적으로 믿고 싶었다. 그때 은석이 내게서 뭔가를 알아차렸다고는 생각하지 않는다. 그의 타고난 다정함이, 섣부르지 않은 태도가 내게로 흘러들어왔을 뿐.

*

금요일 오후, 은석의 집에 도착하기 전 내게 있었던 일에 관해 그에게 말하지 않은 사실이 있다.

차로 네 시간 반을 달려 고속도로를 빠져나온 뒤 은석의 집으로 향하고 있을 때였다. 맑고 무더웠던 서울과는 달리 울산에 가까워지자 폭우가 내렸다. 무자비하게 쏟아지는 빗줄기에 와이퍼가 쉴새없이 움직였다. 느릿느릿 도로를 달리고 있을 때 현수 선배에게서 전화가 왔다. 진행중인 광고에 문제가 생겼나 싶어 스피커폰으로 전화를 받았다.

문자 봤니? 애들은 거의 다 도착했는데.

못 봤어요. 뭔데요?

운전중이니?

네. 왜요, 회사에 무슨 일 있어요?

아니, 하고 선배가 뜸을 들였다.

우리, 이수윤 장례식에 와 있어. 다들 연락을 늦게 받아서.

나는 와이퍼가 쓸어내리는 빗줄기 너머를 응시하며 핸들을 꽉 붙들었다.

내일이 발인이라는데 올 거지?

휴대폰 너머에서 선배가 누군가와 인사를 나누는 소리가 들렸다. 곧 그가 내 이름을 불렀다. 혜재야.

혜재야.

네.

너 와야지.

선배의 가라앉은 목소리가 차 안에 울렸다.

일단 운전 조심하고. 연락해, 알았지? 끊는다.

나는 어느새 어둑해진 도로 위에 있었다. 신호에 걸려 두 번 멈춰 섰고 그러다 좌회전을 해야 할 구간에서 방향을 잘못 틀어 도심 외곽으로 빠지는 도로로 들어서고 말았다. 경로를 이탈하여 재탐색합니다. 잠시 후 우회전입니다. 내비게이션에서 연신 안내 음성이 흘러나왔다. 경로를 이탈하였습니다.

　낯선 교차로 부근에 이르렀을 때였다. 맞은편에서 달려오던 트럭이 물보라를 일으키며 미끄러졌고 중앙선을 넘어 내가 달리던 차선으로 달려들었다. 헤드라이트 불빛이 얼굴에 내리꽂히는 찰나, 나는 하얗게 얼어붙었다. 그때.

　나는 수윤을 떠올렸다. 그애의 이름을 불렀던 것도 같지만 정확히 기억나진 않는다.

　수윤과 함께했던, 그애와 내가 서로에게 광포하게 빠져 있던 나날들을 나는 빠르게 횡단했다.

　노트 귀퉁이를 찢어 적은 쪽지, 걸을 때마다 리듬처럼 흔들리는 묶은 머리, 강의실에 엎드려 잠든 옆얼굴과 반짝이는 솜털, 혜재, 하고 부르던 목소리, 비좁은 드럼 연습실, 수윤이 페달을 밟아 베이스 드럼을 쿵쿵 울릴 때마다 콩닥거리는 내 왼쪽 가슴과 간지러운 두 발바닥, 앞서 걷는 수윤을 뒤따라 걷는 아릴 만큼 황홀한 한여름의 저녁, 서투른 고백, 함께 올려다보는 아카시아, 바다와 섬과 별똥별, 자그마한 슬라이드 필름 조각들, 펜션의 싸늘한 실내 공기, 내 허리의 그믐달 모양 흉터

와 수윤의 팔목 안쪽에 남은 선명하고 검붉은 상흔들, 그 흔적들을 오랫동안 핥는 내 혀끝과 파르르 떠는 수윤의 눈꺼풀, 엉키는 두 개의 숨, 밝아오는 커튼 너머, 멀리서 들려오는 파도 소리, 섣부른 영원이라는 말, 사랑과 사랑이라 믿는 모든 순간, 내 자아의 부피를 넘어서는 어떤 것들. 수윤이 뿜어내는 감정의 파급력과 전염성, 지나치게 많은 화와 기쁨과 사랑, 종잡을 수 없는 말과 표정들, 과잉된 것과 결핍된 것, 날카로운 악다구니, 부둥켜안고 우는 숱한 밤, 넌 내가 죽었으면 좋겠지, 다시는 안 나타나야 속이 시원하겠지, 술냄새가 진동하는 속삭임, 번복되는 약속, 천진한 웃음소리, 고함과 침묵, 쾅 하고 닫히는 문, 내 원룸에 남겨진 수윤의 길고 가는 머리카락들. 우리는 헤어지고 만나고 헤어지고, 그걸 반복하고, 마침내 서로를 지우기로 한다. 시린 헤드라이트 불빛 속에서 한 시절의 기억을 단단히 묶어두었던 질긴 끈이 너무나도 쉽게 끊어진다. 조금도 소중하지 않은 것처럼, 어떻게 되든 상관없는 것처럼 방치했던 기억, 차라리 그렇게 하찮은 것이 되기를 소망해서 내 안 깊숙이 가둬놓았던 마흔네 번의 계절이 한꺼번에 내게로 쏟아져내렸다.

저기요, 괜찮아요?
외진 도로는 한산했다. 트럭은 빗물이 흥건한 아스팔트 위를 한참 미끄러지다 간신히 멈춰 섰다. 나 역시 반사적으로 트럭이 달려드는 반대 방향으로 핸들을 틀어 운좋게 갓길에 멈추었다. 내가 핸들을 부여잡고 바들바들 떨고 있을 때 트럭 기사가 달려와 다급하게 차창을 두드렸다. 그는 비에 홀딱 젖어 퍼렇게 질린 얼굴로 내게 물었다. 정말 괜찮아요? 안 다쳤어요? 아무도 다치지 않았다. 모든 것이 무사했다. 경로를 이탈했을 뿐. 그러니 사고도 무엇도 아니다. 아무 일도 아니었다.

그렇지만 연인이라면 당연히 얘기할 법한 이 일에 관해 나는 은석에게 한마디도 하지 않았다. 이렇게 죽는 건가, 싶었던 그 짧은 순간 내 뇌리를 스쳐간 것들에 대해 나는 침묵했다.

멈춰 선 차 위로 끊임없이 비가 쏟아졌다. 한참을 정신 나간 사람처럼 흐느끼다가 좀 진정된 뒤에 다시 차를 몰아 은석의 집으로 향했다. 그에게서 부재중 전화가 여러 통 와 있었다. 집에 들어가기 전에 나는 물티슈로 얼굴을 꼼꼼하게 닦았다. 아무 일도 없었던 것처럼 보이고 싶었다. 아니, 정말 아무 일도 없던 것으로 하고 싶었다. 하지만 은석이 먹을거리를 사러 자리를 비운 사이 나는 또 울고 말았고 그가 돌아오기 전 세수를 하고 도로 침대에 누웠다.

은석은 오열하는 나를 끌어안고 괜찮다고 말하면서도 내게 아무것도 묻지 않았다. 나는 그가 왜 그러느냐고, 무슨 일이 있느냐고 물을까봐 겁이 났다. 나를 꿰뚫고 지나가는 정체 모

를 감정과 통증이 무엇인지 설명할 수가 없었다. 은석에게도
나 자신에게도.

십일 년. 내 삶의 절반의 절반. 완전히 소멸할 수 없는 성질
의 무엇.

그 새벽에 은석이 대신 차를 몰아 나를 서울로 데려다주었
다. 나는 검은색 정장으로 갈아입고 현수 선배에게 전화를 걸
었다. 은석은 나를 또다시 차에 태워 일산에 있는 장례식장에
내려주었다.
친구분 잘 보내드리고 와요.
내가 안전띠를 풀자 그가 덧붙였다.
천천히 와요. 여기 있을게요.

췌장암 말기. 수윤은 호스피스 병원에서 마지막을 보냈다고
했다.

장지로 떠나는 이른 아침, 빠르게 북상한 장마 전선의 영향
으로 서울에도 큰비가 내리기 시작했다.

올해는 이상기후로 인해 장마 기간이 작년보다 더 길어질

거라고 한다.

*

작년 가을에 나는 그간 쓰지 못했던 연차를 붙여 이 주 동안 울산에서 지냈다. 은석이 출근하고 나면 좀더 잠을 자다가 느지막이 일어나 한 시간쯤 요가를 하고 간단히 밥을 차려 먹었다. 오후에는 차를 몰고 포항이나 경주, 부산에 다녀오기도 했지만 대부분은 은석의 집에서 멀지 않은 바닷가로 가 시간을 보냈다. 반나절 동안 누구와도 말하지 않았고 회사에서 걸려오는 전화도 받지 않았다. 앉아서 바다를 보고 파도를 보고 물거품을 보았다. 수만 번 부딪치고 부서져도 결단코 사라지지 않는 것들을 오래오래 바라보았다. 저녁에는 퇴근하고 돌아온 은석과 시간을 보냈다. 맛집이라는 식당을 찾아가보기도 하고 그가 만든 하이볼이나 칵테일을 마시기도 했다. 그리고 가끔, 샤워를 하거나 마트에서 장을 보다가 울기도 했다.

시간은 겨울을 견디고 기어이 봄으로 나아갔다.

은석은 올봄 울산에서의 프로젝트를 마치고 서울 본사로 복귀했다. 여름 동안 틈날 때마다 함께 살 집을 부지런히 보러

다닌 끝에 얼마 전 우리에게 알맞은 집을 발견해 계약했다. 은석의 회사보다 내 회사에서 훨씬 가까운 동네에 있는, 지은 지이 년 된 빌라 꼭대기 층으로 꽤 널찍한 테라스가 딸려 있는 집이었다. 집을 보러 간 날, 은석은 멀리 건너다보이는 산자락과 방수 데크가 깔린 바닥을 살펴보다가 혜재씨, 여기서는 담배 피워도 되겠네요, 했다. 담배를 태우지 않는 그가 어쩐지 나보다 더 테라스 공간을 반가워하는 것 같았고 그런 그의 모습이 어이없으면서도 대책 없이 따뜻했다.

끊으라는 말을 예쁘게 하네요?

끊으라고 하면 끊을 거예요?

끊으라고 할 거예요?

아뇨, 안 해요.

은석이 바지 주머니에 찔러넣고 있던 손을 꺼내 내게로 펼쳐 보였다. 햇빛 아래 환하게 드러난 그의 손을 나는 가만히 맞잡았다.

은석은 이사를 앞두고 살고 있던 아파트를 부동산에 내놓았다. 휴가까지 내고 대대적인 짐 정리를 했다. 내가 돕겠다고 하자 처음에는 극구 사양하다가 다음날 아무래도 혼자서는 무리일 것 같다고 털어놓았다. 그는 그 집에서 아내와 딸아이와 같이 칠 년을 살았고 그들이 세상을 뜨고 나서도 십 년 더 살았다. 처음에는 대출금을 갚을 때까지만 살다가 이사하겠다는 마음이었다고 했다. 굳이 그럴 필요는 없지만, 그때까지만 살자 싶었다고. 그런데 대출금을 갚은 뒤에도 은석은 선뜻 집을 내놓을 수가 없었다. 그 집을 떠나 다른 곳에서 살려면 선택을 해야만 했다. 아내와 딸아이의 손때가 묻은 살림살이도 가지고 이사하거나, 모두 버리고 떠나거나, 혹은 남길 것과 버릴 것을 구분해 정리하거나. 은석에게는 그 모두가 막막하게만 여겨졌고 그래서 그는 움직이지 않는 것을 선택했다. 가족과 친구들은 새출발을 하려면 먼저 그 집에서 나와야 한다고 조언했지만 은석은 내키지 않았다. 새출발. 자신의 남은 인생에서 그런 일은 가능하지 않을 것만 같았고, 솔직하게는 스스로 그걸 원하는지조차 알 수가 없었다. 아내와 딸아이의 빈자리가 물리적인 것에서 정신적인 것으로 변모할수록 그 집에 남아 있는 벽지의 묵은 얼룩, 딸아이가 그려놓은 색색의 낙서, 아내와 장식장을 옮기다 생긴 강화마루의 흠집, 싱크대 상부장 문짝 모서리의 갈라진 틈들이 더없이 소중하게 느껴졌다. 그 집을 떠나면 그들이 남기고 간 보이고 만져지는 흔적들이 모조리 사라지게 된다는 사실이 그를 그 아파트에 오래도록 묶어두었다.

그럼에도, 모든 것을 고스란히 간직하지는 못했다.

혼자 지낸 십 년 동안 가구나 살림살이는 형편에 걸맞게 바뀌었다. 침대는 슈퍼싱글로 바뀌고 화장대는 사라졌다. 거실에 있던 소파는 망가져 버린 지 오래였고 나중에는 울산에서 산 것을 가지고 왔다. 사인용 식탁은 부엌 구석 자리로 옮겨 의자를 두 개만 놓고 썼다. 내가 부엌에서 더이상 사용하지 않거나 망가진 그릇과 주방용품을 골라내고 있을 때 은석은 딸아이 방을 정리하고 있었다. 그 방만은 거의 달라진 것 없이 그대로였는데, 차마 버릴 수 없어 남겨두었던 물건들이 옷장이며 서랍장, 상자들 속에서 발견되었다. 그는 그것들을 방문 앞 버릴 물건 더미 위에 하나둘 쌓아올렸다. 나는 싱크대 상부장 구석에서 유행이 지났지만 새것이나 다름없는 찻잔 세트를 찾아냈다. 은석의 취향은 아닌 것으로 보아 그의 아내가 골랐거나 선물로 받은 것 같았다. 버리기는 아까워 상자를 들고 은석에게로 갔다. 그는 연분홍색 작은 옷장 앞에 등을 돌린 채 앉아 사진 앨범을 넘겨 보고 있었다. 수그린 등이 들썩였고 코를 훌쩍거리는 소리가 났다. 나는 말없이 은석의 뒤에 앉았다. 두 팔로 그의 허리를 감고 등에 머리를 기대었다. 은석은 재빨리 앨범을 덮으며 눈물을 훔쳤다.

마저 봐요.

다 봤어요.

그의 등이 뜨듯하고 축축했다.

은석씨.

네.

억지로 버리지 마요. 가져가고 싶은 건 가져가요, 우리.

그가 흐흐, 하고 웃으며 내 손 위에 물기 밴 손을 포갰다.

짐 정리 끝나면 같이 가요, 용인에.

그는 대답 없이 내 손을 꽉 쥐었다.

그 여름의 일, 멈출 줄 모르던 내 울음과 수윤의 장례식, 그러니까 수윤과 나에 관해 은석은 지금까지도 내게 아무것도 묻지 않는다. 언젠가 때가 되어 내가 말해주기를 기다리고 있는 것인지도 모르지만 그가 정확히 어떤 마음으로 그러는지 나는 알지 못한다. 그 여름 이후 그는, 내가 말없이 멍하니 창밖을 보고 있을 때나 우리가 섹스를 하고 난 뒤에 나를 오랫동안 가만히 껴안곤 한다. 내 등을 몇 번이고 쓸어내린다. 왜 그러느냐고, 왜 나를 꼭 끌어안느냐고 나는 그에게 묻지 않는다. 다만 그의 몸에서 풍겨오는 냄새, 심장이 뛰는 소리, 나에게로 잔잔하게 흘러들어오는 그를 있는 그대로 받아들인다. 더는 나를 설명하거나 증명하려고 안달하지 않는다. 내 안에 도사리고 있는 불안과 의심, 혼란을 상대에게 돌리지 않으려고 한다.

가끔 생각한다. 내게 수윤은 무엇이었고 그애를 사랑했던 나는 어떤 사람이었는지. 수윤을 사랑하고, 사랑한다고 굳게 믿었던 그 시절이 내게 무엇으로 남았는지. 내 안에서 정리가 된다면 은석에게 모든 과거를 털어놓는 날이 올 수도 있을까.

하지만 있는 그대로의 사실을 털어놓는 일과 서로를 이해하는 일, 한 사람을 아는 일 간에 정확히 어떤 상관관계가 있는지, 그것이 관계에 얼마나 필요하고 중요한 일인지 갈수록 알 수가 없어진다. 서로를 이해하는 일, 한 사람을 아는 일이 과연 무엇인지조차도.

지금은 존재하지 않는 과거 그리고 미래에 대한 혼란과 두려움이 부풀어올라 나를 압도할 때면 나는 은석과 나눴던 얘기를 떠올린다. 지난겨울, 우리가 사천 해변을 걸으며 종이 쇼핑백 한가득 솔방울을 주웠을 때 그가 했던 말들을.

안 해본 것도 아닌데 또 재밌네요.

그러게요. 왜 자꾸 줍고 싶은지 모르겠어요.

혜재씨, 경험이라는 거 참 이상하지 않아요?

이상해요?

내가 경험한 것들이 지금의 나를 만든 것 같으면서도 어떤 땐 그 경험들에 내가 갇혀 있는 느낌이 들잖아요. 그게 다 무슨 의미가 있나 싶고.

은석이 대칭이 아름답고 탐스러운 솔방울 하나를 내게 내밀었다.

예전에요, 솔방울 같은 거 주울 일 이젠 없을 거라고 생각했었어요.

장담했네요.

장담했죠.

그가 몇 걸음 앞서 걸어가 솔방울을 또 하나 주워올렸다.

또 하겠죠, 앞으로도. 근데 그것도 나쁘지 않은 것 같아요.

*

요즘 나는 지금까지 알아온 내가 또다른 방식으로 흔들리고 부서지는 것을 느낀다. 마흔이 넘어서도 이런 일을 겪을 거라고는 상상한 적 없지만 삶은 늘 상상 이상의 모습으로 내게 닥쳐온다. 고통스럽지만은 않다. 전처럼 누군가를 탓할 생각도 들지 않는다. 오로지 내게로 온 것. 그뿐이다. 나는 다시 새롭게 흔들리고 부서지고 그런 나를 그러모은다. 누군가의 곁에 있기 위해서가 아니라 나로 있기 위해서.

은석과 나는 언젠가 헤어지게 될지도 모른다. 우리의 감정은 생각보다 이르게 사월지도 모른다. 내가 먼저 돌아서거나 그 반대 경우가 일어날지도 모른다. 우리는 연인으로 남을 수도 있고 부부가 되어보기를 선택할 수도 있다. 그럼에도 어떤 식으로든 이별하게 될 것이고 그건 예정된 일이다. 은석과 나는 이별을 장담하면서도 일단은 나아가보기로, 언제까지인지 알 수 없지만 당분간 서로의 곁이 되어주기로 한다. 이런 우리 관계를 뭐라고 불러야 할지, 부를 수 있을지 모르겠다. 어쩌면 있어야 할 자리에 마땅히 있는, 대체 불가능하고 적확한 단 하나의 무엇이란 애초에 존재하지 않는 것인지도.

나는 우리가 서로에게 말하지 않은 것들에 관해 자주 생각한다.

이사를 마치고, 내 짐과 은석의 짐을 합친 살림도 어느 정도 정리되었다. 그로부터 한 달쯤 지난 일요일에 우리는 용인에 있는 추모공원으로 갔다.

앞장선 은석을 따라 봉안당 안으로 들어가 삼층 안치실로 올라갔다. 오른쪽 창가에 마련된 안치단 앞에서 그가 걸음을 멈추었다. 창 너머로 단풍이 물들기 시작한 산이 보였고 창틀 아래쪽 나지막한 안치단 유리문 안에 그의 아내와 딸의 납골함이 나란히 놓여 있었다. 은석은 주머니에서 손수건을 꺼내고는 쪼그려 앉아 유리문을 닦았다. 빛바랜 사진 속 두 사람의 얼굴은 창백해 보였지만 미소가 은석을 닮아 있다는 것만은 분명하게 알 수 있었다. 그는 아무 말 없이 유리문을 연신 문지르다가 돌연 일어섰다. 그의 옆얼굴은 울고 싶으면서 동시에 울고 싶지 않은 것처럼 보였다. 내가 그의 손을 끌어와 잡았다. 우리는 창밖을, 가을을 건너다보았다. 이십 분쯤 그렇게 서 있었다.

은석씨, 먼저 나가요.

혜재씨는요.

난 따로 할 얘기가 있어요.

은석은 잡고 있던 내 손을 뒤집어 손등을 쳐다보다가 슬며시 놓았다. 그가 계단을 내려가는 모습이 완전히 사라지고 나서 나는 그의 아내와 딸의 사진을 찬찬히 들여다보았다. 그들 앞에서 고개를 숙이고 눈을 감았다.

인사와 안부를 건넸다. 마음 깊이.

우리는 추모공원을 나와 국도를 달리다가 가까운 설렁탕 전문점에 들어갔다. 저녁 장사를 하기에는 이른 시간이었기에 식당 안은 조용했다. 좌식 테이블 자리에 앉은 검은 옷차림의 노부부가 손님의 전부였다. 은석과 나는 설렁탕이냐 특설렁탕이냐를 두고 망설이다가 특설렁탕 두 그릇을 주문했다.

혜재씨.

무슨 얘기 했냐고 물어볼 건 아니죠?

귀신이네요.

비밀이에요.

비밀이군요.

우리는 따뜻한 보리차를 나눠 마시며 벽에 붙은 '설렁탕과

곰탕의 차이'라는 글을 올려다보았다.

　설렁탕에 뼈가 더 많이 들어간다는 거네요.

　은석이 말했고

　그래서 국물이 더 뽀얀가봐요.

내가 맞장구를 쳤을 때 주문한 음식이 나왔다. 은석은 팔팔 끓
는 뚝배기에 숟가락을 넣어 휘젓다가 조심스레 한 수저 떠 맛
을 보았다. 안경에 부연 김이 서려 그의 눈이 잠깐 사라졌다.
나는 뜨거운 국물을 맛볼 엄두가 나지 않아 그에게 물었다.

　싱거워요?

　은석이 고개를 들어 나를 보았다. 식당 안 훈기 탓인지 아니
면 그를 통과하는 어떤 감정 때문인지 그의 얼굴과 눈시울이
조금 붉었다. 그 모습에 나도 괜히 눈물이 날까봐 입술 안쪽을
몰래 깨물었다.

　안 싱거워요?

　맛이……

　은석이 젓가락으로 가장 커다란 고기 조각을 건져 내 뚝배
기에 옮겨 담으며 대답했다.

　담담하네요.

　담담해요?

　네. 담담한 맛이에요.

작은 눈덩이 하나

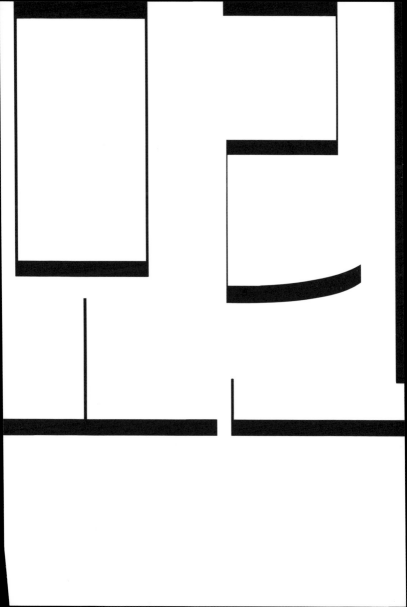

독자분들께

시시각각 변하는 계절을 온몸으로 느낍니다.
지나간 일과 현재 사이의 행수를 가만히 헤아려봅니다.
마음속으로 그리운 이름들의 안부를 묻습니다.
아끼는 이를 위해 정성스럽게 차를 우립니다.
제철 재료로 밥을 지어 먹고, 뒤척이지 않는 깊은 잠을 잡니다.
그렇게 일단 오늘을 살아내기로 선택합니다.
이 모든 일은 사실 소설 쓰기와 다르지 않습니다.

삶이 무엇인지 정확히 알지 못하면서 삶을 살아가듯
소설이 무엇인지 정확히 알지 못한 채 소설을 쓰고 있습니다.
때때로 그런 자신이 몹시 부끄럽고 두렵기도 합니다.
그럼에도 부끄러움을 무릅씁니다. 용기를 그러모읍니다.
이야기의 마침표가 독자분들께 있다는 것이 늘 제게 힘이 됩니다.
이야기는 누군가에게 읽힐 때 비로소 완성된다고 저는 믿습니다.
소설을 쓰는 마음과 읽는 마음이 결코 다르지 않습니다.

단 한번뿐인 생을 살며, 우리가 이렇게 이야기로 만납니다.
독자분들과 만나는 일이 제게는 실로 엄청난 사건이자 행운입니다.
유현한 사람, 독자 한 분 한 분께 감사의 마음을 전합니다.
각자의 이야기를 살아가다 이따금 같은 이야기 속에 머물 수 있기를
그 마주침이 오래도록 뭉근하게 기억되기를
계시는 그곳에서 부디 몸과 마음 무탈하시기를
온 마음으로 바랍니다. 감사합니다.

2024년 겨울 문턱에
안윤 드림

꼭 눈 같다.

밖에서 긴 통화를 하고 들어온 세진이 자리에 앉으며 말했다. 목이 타는지 단숨에 잔을 비우더니, 등을 벽에 기대고 한동안 말없이 창 너머를 응시했다.

사람들 벚꽃 참 좋아해.

넌 싫어?

슬프잖아. 뭐 저렇게까지 아름답나 싶고.

좀 그렇긴 하지. 빨리 지니까.

세진의 눈길은 여전히 창밖에 머물러 있었다.

저번에 준 펜 좋더라. 요즘 그걸로 일기 써.

마음에 든다니 좋네.

내가 좋지. 문구 회사 다니는 친구 덕에.

요즘 많이 힘들어?

힘들다기보다 어려운 거지. 어렵네, 사는 거.

세진은 최근 들어 멍하니 먼 곳을 바라볼 때가 잦았다. 이틀 동안 잠을 거의 못 잤다더니 얼굴이 까칠해 보였다.

얼마 전에, 준수 선배를 봤어.

세진이 준수의 이름을 꺼냈을 때 나는 호출 벨을 눌러 생맥주를 두 잔 더 주문했다.

기억 안 나? 둘이 꽤 가까웠잖아.

잔 바닥에 남은 미지근한 맥주를 입안에 털어 넣으며 나는 긍정도 부정도 하지 않았다.

아니었나?

어디서 봤는데?

엄마 모시고 건강검진 갔다가 병원 로비에서. 애가 많이 아프다나봐.

그래?

자세히는 말 안 하는데 소아암 병동에 있대. 얼굴이 안됐더라. 못 알아볼 뻔했어.

새 맥주가 나오자마자 나는 연거푸 몇 모금을 들이켰다.

술이 고팠어?

날이 좋잖아.

세진과 나는 동시에 창밖으로 눈길을 돌렸다. 천변 산책로를 따라 벚나무가 하얗게 늘어서 있었다. 지나가던 사람들이 나무 아래 멈춰 서서 열심히 사진을 찍었다. 바람결에 벚꽃잎들이 나풀나풀 떨어졌다.

웃긴 거 같아.

세진이 의자를 당겨 앉았다. 머리 위 조명등 때문에 숙인 얼굴이 한층 어둡게 보였다.

뭐가?

세진이 잔 속 거품을 내려다보며 씁쓸하게 웃었다.

예전엔 나 빼고 다들 영화판에 있을 줄 알았거든. 준수 선배도 그렇고. 근데 나만 있네.

세진과 나는 이자카야로 자리를 옮겨 두 시간 정도 더 맥주를 마셨다. 언제부터인가 우리는 예전만큼 오랫동안 수다를 떨지 않게 되었다. 좀더 각자가 되었다고 할까. 멀어졌다기보다는, 같이 살던 때만큼 밀착해 있지 않다보니 속한 세계가 겹치지 않는 것뿐이었다. 적어도 나는 그렇게 믿고 있었다. 내가 문구를 수입하는 중소기업의 회계팀 사원에서 조금 더 규모가 큰 문구 회사의 경영지원팀 부장이 되는 동안 세진은 감독 지망생에서 영화감독이 되었을 뿐이라고. 하지만 가끔은 세진이 세상을 감각하는 방식 자체가 나와는 애초부터 다른 것 같다는 생각을 하기도 했다. 세진이 백삼십이색 색연필이라면 나는 사십팔색인 것 같달까. 내가 가져본 적 없는 색깔과 꿈꿔본 적 없는 세계를 나는 세진을 통해 경험했다. 세진을 알게 된 후부터 지금까지, 곁에서 세진을 바라보는 내 마음은 늘 만개한 벚나무를 올려다볼 때와 비슷했다. 가질 수 없기에 동경했고 스러져버릴까봐 애틋했다.

세진과 이자카야에서 나와 벚꽃이 떨어져 해끗대는 산책로를 걸었다. 지하철역으로 향하면서 우리는 한마디도 하지 않았다. 발걸음을 서두르지도 않았다. 역 입구에 도착해서야 막차를 놓치지 않으려고 급히 계단을 뛰어내려가는 세진의 뒷모습을 지켜보았다. 우리의 오랜 무언가를 같이 떠나보내고 있다는 느낌에 코끝이 시큰해졌다. 사월 초의 포근했던 밤, 그날도 나는 세진에게 준수와의 일을 끝내 털어놓지 못했다.

준수. 기억한다. 기억하고 있다.

세진과 나는 스무 살 여름부터 오 년 가까이 함께 살았다. 같이 지내던 사촌언니가 인천에 있는 회사에 취업하면서 방 하나가 비게 되었다. 처음 그 소식을 전했을 때 세진은 반색했다.

내가 들어가도 돼?

월세를 아낄 수 있고 버스로 다섯 정거장이면 학교에 갈 수 있다는 것, 무엇보다 나와 함께 지낼 수 있다는 것에 세진은 기뻐했다. 기대감에 찬 세진의 눈을 마주하자 나는 선선히 고개를 끄덕이고 말았다. 같이 살기로 얘기를 끝내고 집으로 돌아오는 길에 나는 뒤늦게 덜컥 겁이 났다. 초등학교 육학년 때부터 가장 가까운 사이로 지내오긴 했지만 우리는 매일같이 얼굴을 보던 기간보다 더 오랫동안 떨어져 살았다. 나는 중학교 삼학년 봄에 서울로 올라온 뒤 실업계 고등학교에 다니게 되었고 그사이 세진은 방학 때 두어 번 서울을 다녀갔다. 연락을 자주 하긴 했지만 세진이 막상 서울에 있는 대학에 입학하고 나서도 몇 번 만나지 못했다. 그런 우리가 같이 사는 건 도리어 관계에 독이 될 수도 있지 않을까. 만약 서로에게 돌이킬 수 없이 실망하고 멀어지게 된다면 내가 그 상황을 감당할 수 있을까. 여러모로 걱정이 되었다. 반면 세진은 우리가 함께 사는 일에 별걱정이 없어 보였다. 내 우려를 내비치는 게 세진을 못 미더워한다는 뜻으로 오해될까봐, 잘되어가는 분위기에 찬물을 끼얹는 꼴이 될까봐 나는 아무런 내색도 하지 않았다.

대학교 일학년 여름방학이 끝나갈 무렵 세진이 이사를 왔다. 그날은 아침부터 비가 내렸다. 세진의 단출한 살림을 실은 트럭이 집 앞에 도착하자 공교롭게도 눈앞이 흐려질 만큼 엄청난 양의 폭우가 쏟아지기 시작했다. 그 폭우는 마치 페이드인 같았다. 영화에서 장면이 전환되는 것처럼 그날부터 내 스무 살은 이전과 완전히 다른 시절을 맞이하게 되었으니까.

비 맞은 짐을 세진의 동아리 사람들과 함께 정리하던 저녁, 흠뻑 젖어버린 책들을 냉동실에 넣으며 깔깔거리던 세진과 짜장면과 탕수육을 안주로 막걸리를 마시던 선배들. 이사 이후 일주일에 두세 번은 밤늦도록 세진의 방에 모여 영화를 보거나 영화 얘기를 나누던 후배들. 술에 취했거나 늦게까지 촬영이 이어진 밤이면 세진의 방에서 쪽잠을 자다가 새벽에 몰래 집으로 돌아가던 동기들. 그들의 등장으로 적요하고 어둑했던 반지하 집에 들어찬 시끄럽고 반짝이던 것들. 농담과 폭소, 잔뜩 쌓여 있던 운동화와 빈 술병. 책, 모자, 라이터, 우산, 누군가가 두고 간 자잘한 물건들. 조심스럽게 현관문을 두드리는 소리, 천천히 문고리를 돌려 밖으로 나가는 소리. 수많은 밤과 새벽. 세진을 그리고 나를 둘러싼 그 모든 것 속에서 나는 일탈과 자유를 맛보았다. 혼자였다면 하지 않을 말, 하지 않을 행동을 해보았다. 스물다섯 살 봄까지 존재했던 그 시공간이 내게는 낯설고 긴 여행과도 같았다. 그 속에서 행복을 느낄 때면 이 순간을 다시 겪을 수 없을 것 같다는, 언젠가는 내가 있던 자리로 돌아가게 될 것이라는 어렴풋한 예감에 가슴이 먹먹해지곤 했다.

　그 시공간에 준수도 있었다. 그는 세진과 같은 노어노문과였고 세진이 이학년 이학기를 맞던 가을에 삼학년으로 복학한 선배였다.

준수는 개성 강한 동아리 사람들 사이에서 첫눈에 띄는 인상은 아니었다.

선배는 뭐랄까. 좋게 말하면 사람이 참 뭉근해. 나랑은 안 맞아.

어느 술자리에선가 취한 세진이 준수를 두고 그렇게 말한 적이 있었다. 준수는 말수가 많지 않고 목소리도 작은 편이었다. 움직임도 크지 않아서 존재감이 거의 느껴지지 않는데 오히려 그런 면이 이따금 이목을 끌었다. 술자리에서 그가 입을 열면 왁자하게 떠들던 모두가 목소리를 낮추었다. 그는 탁자 끄트머리나 구석 자리에 즐겨 앉았고 뒤늦게 합류할 때가 잦았던 나는 주로 그의 옆자리에 앉았다.

스물둘. 세진은 대학교 삼학년이 되었고 나는 전문대 세무회계과를 졸업하고 직장생활을 시작했다. 처음 일 년 동안은 매일같이 실수하고 혼나고 다시 실수하기를 반복했다. 나이 어린 사회초년생이란 회사 내 공식적인 막내이자 비공식적인 동네북이나 다름없어서 야근을 안 하는 날보다 하는 날이 더 많았고, 한 달에 한두 번은 토요일에도 출근해 잔업을 했다. 하루하루 새롭게 덮쳐오는 파도를 맞다보니 나는 내가 깎이는 줄도 모른 채로 깎이고 깎여 점점 작아지고 있었다. 그 시기에 내게 유일한 숨구멍이 되어준 것이 세진과 세진의 동아리 사람들이었다. 그들은 내가 세진과 절친한 친구라는 이유로, 자취방에 자주 찾아와 신세를 진다는 이유로 나를 동아리의 일원처럼 대했고 그들이 모이는 자리에 심심치 않게 나를 불렀다. 그들은 내게 선배나 동기, 후배가 아니었지만 나는 세진이 부르는 것처럼 그들을 불렀다. 그래서 준수도 내게 준수 선배가 되었다.

사원 이 년 차에 접어든 봄이었다. 그날도 저녁 늦게 퇴근해 집으로 돌아가는 버스에서 졸고 있었는데 동우 선배에게서 전화가 왔다. 세진이 무슨 심사가 뒤틀렸는지 술을 퍼마시고 있으니 와보는 게 어떠냐고 했다. 금요일 밤 대학가는 예상외로 고요했다. 폭풍 전야의 불길한 기운마저 감돌았다. 동아리 사람들이 모여 있다는 호프집에 들어서자 가게 안을 울리는 세진의 날카로운 목소리가 들렸다.

영화에 이 사회가 담기는 건데, 어떻게 세상 돌아가는 일에 그렇게 관심이 없어, 선배는?

야, 곽세진. 넌 뭘 또 그렇게까지 말하냐?

동우 선배가 억울하다는 듯 맞받아쳤다.

나중에 얼마나 창피하려고 그래? 뭐라도 해야지, 뭐라도!

턱을 괴고 있던 세진이 힘없이 탁자에 엎드렸다. 준수가 물컵을 내밀었다.

너 취했어.

세진이 허공에 대고 손을 휘저었다. 나는 선배들에게 인사만 건네고 세진을 일으켜세웠다. 준수와 내가 세진의 팔을 한쪽씩 어깨에 걸치고 대로로 나왔다. 세진은 몸을 제대로 가누지도 못하면서 뭐라고 계속 중얼거렸다. 세진과 택시에 올랐다. 둘만 타고 가는 줄 알았는데 준수가 앞좌석에 올라타 기사에게 목적지를 말했다. 곧 그에게서 문자 메시지가 왔다. 밤이라 위험할 것 같아서. 세진이도 많이 취했고. 나는 앞좌석에 앉은 준수의 옆얼굴을 쳐다보았다. 내 어깨 위로 세진의 머리가 툭 떨어졌다.

세진을 침대에 눕히고 준수와 나는 잠시 취한 세진을 내려다보며 서 있었다. 무엇이 세진을 이토록 취하게 만든 걸까. 사학년을 앞두고 휴학한 세진은 그즈음 자주 폭음을 했다.

갈게.

준수가 침묵을 깼다. 집 앞 골목길까지 그를 따라나섰다. 돌연 그는 뒤를 돌아 나와 마주서서 내 눈을 똑바로 바라보았다.

잠깐 걸을래? 괜찮으면.

우리는 누가 먼저랄 것도 없이 사거리에 있는 이십사시 마트 방향으로 천천히 걸어갔다. 동아리 사람들이 술이나 안줏거리를 사러 곧잘 들르는 곳이었다. 봄기운이 완연한 밤이었다. 준수는 차도와 가까운 쪽에서 걸으며 내일은 출근하지 않는지, 회사 생활은 어떤지, 요즘 뭐가 가장 힘든지 물었다. 그가 조심스럽게 건네는 질문들이 따뜻하게 느껴졌고 그에게 고마운 마음마저 들었다. 그가 나를 세진의 절친한 친구나 사회 초년생이 아닌, 나라는 한 사람으로 대한다는 인상을 받았다. 그때 내 눈에는 나보다 다섯 살이 많은 준수가 완전한 어른처럼 보였고 영화감독을 꿈꾸는 그가 내게 보여주는 관심이 조금은 특별하게 다가왔다. 그의 물음에 답하면서 나는 내 안에서 울컥 치미는 무언가를 알아차렸고 그것이 불쑥 튀어나오지 못하도록 아랫입술을 지그시 깨물었다. 돌이켜보면 그건 숨겨져 있던 내 오랜 열등감과 갑작스레 피어난 그에 대한 열망이 한데 뒤섞이며 일어난 멀미 같은 것이었다.

마트에 다다라 준수가 따뜻한 캔커피를 사 왔다. 우리는 커피를 홀짝이며 집 반대 방향으로 더 멀리 걸어갔다. 그가 이어가는 화제는 대부분 일상적인 것이었다. 좋아하는 계절, 가수, 책 그리고 영화. 그러다 그가 지난주에 다녀왔다는 촛불 집회 얘기가 나왔다. 나는 미국산 쇠고기 수입 문제에 관해 아는 바가 많지 않았지만, 점심시간 상사들의 대화에서 주워들은 것에 내 생각을 조금 보태 그에게 얘기했다. 현 정권에 대한 우려와 미국의 금융 위기에 관해서도. 준수는 간혹 고개를 끄덕이며 잠자코 듣고만 있었다. 한참 얘기를 늘어놓던 나는 급히 입을 다물어버렸다. 이유 모를 부끄러움을 느꼈기 때문이다.

사년제 대학은 너 같은 애가 나와야 하는데.

그렇게 말하고 그는 얼굴을 붉혔다.

미안. 다른 뜻이 있어서는 아닌데, 말해놓고 보니 좀 그렇네. 세진이가 있었으면 한소리 들었겠다.

준수가 걸음을 재촉했다. 앞서가는 그의 뒷모습을 보면서 나는 그가 방금 한 말을 곱씹었다. 그가 왜 사과를 했는지 정확한 이유를 알 수 없었다. 사년제 대학은 나 같은 애가 나와야 한다는 말이 당시 내게는 오히려 칭찬으로 들렸고, 그가 나를 제법 똑똑한 애로 봐주었다는 게 싫지 않았다. 결과적으로 준수의 그 말은 일 년 후 내가 사이버대학에 편입하고 전보다 나은 조건의 회사로 이직하는 데 영향을 주었는데, 수년이 흐른 뒤에야 그의 말속에 일종의 계급의식이 배어 있었다는 사실을 깨달았다.

긴 산책을 함께한 이후에도 준수와 나의 거리는 예전과 별반 달라지지 않았다. 동아리 사람들이 술자리에 나를 부르면 되도록 그와 가까운 자리에 앉았고, 때때로 둘만 남게 되는 순간에 서로 그간의 안부를 물었다. 딱 그 정도였다. 따로 연락을 주고받거나 만나는 일은 없었다. 준수가 단편영화의 한 장면을 촬영하기 위해 자취방으로 오기 전까지는.

해질 때, 여기 빛이 마음에 든대.

준수가 촬영하러 올 거라는 얘기는 세진에게 전해들었다.

많아야 네다섯 번 정도 다녀갈 거라고 했다. 가로수가 앙상해지기 시작한 맑은 가을날, 준수가 스태프 일곱과 배우 둘을 데리고 자취방으로 왔다. 촬영할 부분의 시나리오를 보았는데 대사가 한마디도 없었다. 사소한 기척과 느릿한 몸짓, 빛과 침묵뿐이었다. 한 여자가 한 남자를 기다린다. 남자는 어디로 갔는지 나타나지 않는다. 여자가 해가 기우는 거실에 앉아 있다가 사라지자 그 자리에 남자가 나타난다. 그들 각자의 시간은 꿈인지 생시인지 분간조차 가지 않는다. 둘은 끝내 한 공간에서 만나지 못한다. 그것이 전부였다. 준수는 이 장면이 안드레이 타르콥스키의 영화 〈거울〉의 오마주라고 스태프들에게 설명했다. 촬영 마지막 날, 나는 그가 카메라 뒤에 앉아 오랫동안 코끝을 매만지는 모습을 보았다. 평소와 사뭇 다른 날카로운 눈빛이었다. 촬영은 세 번 만에 끝났다.

마지막 촬영 후 이 주쯤 지나 준수에게서 전화가 왔다. 내일모레 자취방에서 몇 장면을 더 찍고 싶다고 했다. 세진에게 물으니 그날은 의선이 혼자 있을 테니 의선에게 직접 물어보라 했다고 그가 사정을 설명했다.

혼자 가게 될 것 같은데, 괜찮아?

오세요.

내 선선한 대답에 그가 멋쩍은 듯 웃었던 기억이 난다.

준수는 단편영화를 거의 삼 년 만에 완성했다. 그 시간 동안 그에게 무슨 일들이 있었는지 자세히는 모른다. 제작비가 부족해 촬영이 두어 차례 중단되었고 부친이 병으로 쓰러졌다는 소식을 전해들은 것이 전부였다.

어떻게 사람이 그딴 식으로 증발해버리냐? 말 한마디 없이.

준수가 동아리 사람들 모두와 연락이 닿지 않게 되자 세진은 원망 섞인 투로 말하곤 했다. 그럴 때마다 나는 아무런 대답도 하지 않았다. 그가 언제고 다시 나타날 거라고 나는 생각했다. 그렇게 믿고 싶었는지도 모른다.

해가 거듭될수록 동아리 사람들과도 차츰 멀어졌다. 다들 각자 살길을 찾아 대학에 남거나 유학을 가거나 취직을 했다. 나는 사이버대학을 졸업하고 두번째 직장에서 대리를 달았다. 세진은 졸업 후 무역 회사와 언론사, 출판사를 거치다가 서른을 앞두고 영화 아카데미에 들어갔다. 이듬해 세진의 첫 장편 영화가 여러 해외 영화제에서 상을 받았다. 세진은 전화로 수상 소식을 전하면서 영화에 완전히 코가 꿰이고 말았다며 실없이 웃었다. 영화인을 꿈꾸던 동아리 사람들 중 세진과 동우 선배를 빼곤 모두 영화로부터 멀어져갔다. 동우 선배도 몇 년 뒤에는 연예기획사 쪽으로 방향을 틀었다. 멀어지지 않는 것, 떠나가지 않는 것은 없었다.

선배들이 너 보고 싶대. 잠깐 와.

세진이 상을 받고 반년쯤 지난 무렵이었다. 술을 마신 듯 약간의 흥분에 취한 세진의 목소리가 이십대 초의 어느 날을 떠오르게 했다. 휴대폰 너머로 깔깔거리는 웃음소리가 들려왔다. 의선이 온대! 세진이 외치자 익숙한 목소리들이 떠들어댔다. 야, 술 더 시켜. 의선아, 얼른 와, 얼른. 진짜 얼마 만이냐.

　그곳에 준수가 있었다. 그는 수상 축하 술자리가 벌어지는 바에서 아르바이트를 하고 있었다. 컴컴한 지하 계단을 내려가 문을 열고 들어섰을 때 그와 눈이 마주쳤다. 그 짧은 순간에 우리는 서로를 알아보았다. 오 년 만이었다. 그가 희미하게 웃어 보이는 것 같기도 했지만 누군가 내 이름을 부르는 소리에 반사적으로 고개를 돌리고 말았다.

　그 자리에는 예전에 세진과 단편영화 작업을 함께했던 이들이 모여 있었다. 그들은 벌겋게 술이 오른 얼굴로 나를 환대해주었고, 학교와 동아리, 촬영지에서의 추억들과 세진의 수상을 두고 쉴새없이 떠들었다. 오늘만큼은 함부로 취하기로 작정한 사람들처럼 큰 소리로 웃고 맥주잔을 엎고 바닥에 포크를 떨어뜨렸다. 그런 소란 속에서 준수는 소리 없이 다가와 무표정한 얼굴로 탁자를 행주로 닦고 새 포크를 내주고는 다시 반질반질한 나무 바 뒤로 돌아갔다. 나는 선배들이 건네는 안부 인사와 따라주는 술을 받느라 정신이 없었다. 출근을 핑계로 술은 마시는 시늉만 했다. 그들의 여전한 에너지, 영화 앞에서 온몸으로 울고 웃는 날것의 활기. 그들이 뿜어내는 열기는 기분을 들뜨게 하면서도 동시에 은근한 소외감을 느끼게 했다. 너무 많은 자아, 단단하고 투명한 유리알 같은 자아들이 한데 모여 아름답고 위태로운 소리를 냈다. 한동안 잊고 있었다. 그들과 술을 마신 다음날이면 밀려오던 수상한 허기와 내부피가 줄어든 것만 같았던 감각을. 그들이 영화라는 종교를 믿는 거라면 나는 그들 사이에 끼인 이교도 같았다.

세진과 선배들이 옛 추억을 얘기하며 와하하 폭소를 터뜨리는 순간마다 나는 바를 힐끔 쳐다보았다. 준수는 바 안쪽에서 등을 보인 채 분주하게 일하고 있었다. 주문받은 술과 마른안주를 준비하고 빈병을 정리하고 유리잔을 씻었다. 그때 나는 준수가 내 시선을 느끼고 뒤돌아보기를 바랐는지도 모른다. 한번 더 눈이 마주치기를, 내게 제대로 얼굴을 보여주기를.

열두시가 가까워졌을 즈음 다시 바 쪽을 확인했을 땐 다른 아르바이트생만 보였다. 이제 가보겠다며 내가 자리에서 일어나자 각자의 얘기에 빠져 있던 선배들이 아쉽다며 가지 말라고 너스레를 부렸다. 세진이 허공에 대고 손사래를 쳤다.

조용, 조용! 우리 의선이 곱게 보내줘야지. 선배들이 출근의 신성함을 알아?

넌 아냐?

동우 선배가 장난스레 쏘아붙였다. 세진이 과장된 몸짓으로 두 손을 가슴 위에 포개었다.

이 몸은 무역 회사도 다니고, 출판사도 다녔었다고.

잘났다, 어? 곽감독이 제일 잘났어. 야, 다들 시끄럽고 짠이
나 해.

성철 선배가 탁자 가운데로 잔을 치켜올렸다. 유리잔 여러
개가 맞부딪치는 사이에 나는 가방을 들고 일어섰다. 세진이
내 손목을 붙잡았다.

도착하면 꼭 문자 해.

너무 많이 마시지 마.

세진이 대문니를 보이며 천진하게 웃었다. 상대방을 무장
해제시키는 웃음. 어쩌면 그 어린아이 같은 웃음 때문에 지금
의 우리가 있는지도 모르겠다는 생각이 스쳤다.

바를 나와 왁자한 소음에서 벗어나나 했는데, 계단 위 대학
가 술집들의 휘황한 조명이 보이자 숨이 막히는 듯했다. 현기
증이 일었다. 나는 몇 계단을 오르다가 중간에 멈춰 섰다.

괜찮아?

준수가 계단 위에서 나를 내려다보고 있었다. 나는 느릿느
릿 올라가 그의 앞에 섰다.

가려고?

나는 고개를 끄덕여 보였다.

애들도 참, 너까지 부르고.

괜찮아요.

넌 늘 괜찮지.

내내 눈길을 피하던 그가 나를 똑바로 바라보았다.

미안. 좀 피곤한가봐.

준수가 자신의 어깻죽지를 주물렀다. 내가 말없이 얼굴을
찬찬히 뜯어보자 그는 어색한지 괜스레 머리칼을 쓸어넘겼다.

살아 있었네요.

아, 어.

다행이다.

우리는 잠시 말을 잃고 마주서 있었다. 건물 앞 골목으로 오
토바이 한 대가 요란한 굉음을 내며 지나갔다.

저기……

아, 혹시 몰라서 가져왔는데.

나는 가방에서 『봉인된 시간』을 꺼내 그에게 내밀었다.

예전에 두고 갔잖아요.

이걸 여태 가지고 있었어?

돌려주는 게 맞는 것 같아서요.

준수가 손바닥으로 표지를 가만히 쓸었다. 툭, 툭. 책 위로
굵은 빗방울이 떨어졌다.

갈게요.

우산 있어?

택시 타면 금방인데요, 뭐.

의선아.

그가 뭔가를 말하려는 듯 머뭇거렸다. 망설일 때면 코끝을 매만지는 버릇이 여전했다.

잘 살아요.

잘 지내요. 그렇게 말하려고 했는데 입 밖으로 튀어나온 것은 다른 말이었다. 나는 곧장 뒤돌아서서 대로 방향으로 걸어갔다. 거의 뛰다시피 했다. 빗방울이 얼굴로 따갑게 떨어졌다. 도망치듯 자리를 뜬 게 왜 나일까. 택시를 기다리며 생각했다. 준수는 나를 굳이 따라오지는 않을 것이다. 모든 걸 지나치게 조심스러워하는 사람이니까. 그는 조심스러워만 하다가 결국에는 나쁜 사람이 되고 마는 그런 사람이었다. 그의 말처럼 내가 늘 괜찮지는 않았다고 항변이라도 할 걸 그랬나. 당신 앞에서만큼은 늘 괜찮은 척했고 그랬더니 정말 괜찮은 줄 알고 살았었다고. 하지만 준수가 망설임 끝에 돈 얘기를 꺼낼까봐 나는 두려웠다. 졸지에 빚을 받으러 온 사람이 되고 싶지는 않았다.

나중에, 그 술자리가 있고 얼마 지나지 않아 준수가 영화판을 완전히 떠났다는 얘기를 세진에게 들었을 때 나는 알았다. 그날 바에서 그가 등을 돌리고 있었던 이유가 나 때문만은 아니었다는 것을.

준수를 생각할 때면, 못 받은 돈보다 먼저 떠오르는 장면이 있다. 그가 혼자 카메라와 녹음 장비를 짊어지고 자취방으로 찾아왔던 오후. 그날의 빛과 그날의 어둠.

준수는 거실에 장비 가방을 내려놓고 한동안 높다란 창문을 올려다보았다. 그는 창으로 들어오는 빛줄기와 거실 바닥에 떨어진 빛을 더 담고 싶다고 했다. 그가 촬영을 하는 동안 나는 뒤에 서 있다가 손이 필요할 때면 다가가 거들었다. 고요한 집에서 준수와 나는 숨소리를 죽인 채 카메라 너머의 빛을 오랫동안 지켜보았다. 서서히, 환하게 빛나던 햇빛이 어둠으로 바뀌어갔다. 해가 뉘엿이 기울자 그가 서둘러 장비들을 정리했다. 지친 기색이 역력했다.

밥 먹었어요?

아, 응.

내가 빤히 쳐다보자 그가 고쳐 말했다. 아니.

컵라면 있는데.

그럼 신세 좀 질게.

물이 끓는 동안 엄마가 보내준 갓김치와 장조림을 꺼냈다. 찬밥도 데울까 싶어 거실 쪽을 돌아봤는데 준수가 책장 앞에 모로 누워 있었다. 그새 곯아떨어진 모양이었다. 나는 그의 앞에 조용히 상을 펴고 반찬과 수저, 뚜껑을 뜯지 않은 컵라면을 올려놓았다. 그는 팔을 베고 몸을 잔뜩 웅크린 채 깊이 잠들어 있었다. 가만가만 숨소리가 들려왔다. 나는 누워 있는 준수와 밥상을 사이에 두고 쪼그려앉았다. 어둑해진 거실에서 그의 찡그린 미간과 간혹 경련하듯 떨리는 약손가락과 새끼손가락을, 그 무방비함을 건너다보았다. 주전자가 식어가고 집안에 고인 어둠이 짙어졌다. 가로등이 켜져 창문으로 귤색 불빛이 비쳐들었다. 나는 그가 깨어나길 기다리며 그의 가방 밑에 있던 책을 펼쳐 보았다. 차르륵, 책장을 넘기는데 책갈피 삼아 끼워둔 듯한 삼십오 밀리미터 영화 필름 조각이 있었다. 왼쪽 페이지 아래 연필로 그은 밑줄이 보였다.

그렇다. 시간은 영화 속에서 편집의 힘으로 흘러가는 것이 아니고, 편집을 했음에도 불구하고 흘러가는 것이다.

몇 번이나 다시 읽어봤지만 무슨 의미인지는 정확히 알 수가 없었다.

눈 나빠져.

누운 채로 준수가 속삭였다. 그는 천천히 허리를 곧추세워 앉더니 마른세수를 했다.

나 오래 잤어? 깨우지 왜.

너무 곤히 자서요.

그가 손목시계를 내려다보고는 급히 일어섰다.

가야겠다.

준수는 애써 차려줬는데 못 먹고 가서 미안하다며 장비들을 챙겨 들었다. 현관에서 운동화 끈을 고쳐 묶는 그에게 내가 말했다.

제가 빌려줘도 돼요?

응?

세진이한테 들었어요.

난감한 듯 그의 낯빛이 어두워졌다.

천천히 줘도 돼요. 난 괜찮으니까.

준수가 우두커니 서서 코끝을 매만졌다.

그럼, 신세 좀 질게.

나는 준수에게 이백만원을 빌려주었다. 취직 후 비상금으로 모아둔 돈 중 일부였다. 내게도 결코 적은 돈은 아니었다. 나는 항상 만일의 일을 몹시 불안해했고 그 만일의 일을 대비하기 위해 머릿속 계산기를 수시로 두드렸다. 그런 내가 그토록 선뜻 그에게 돈 얘기를 꺼낼 수 있었다는 것이 스스로 생각해도 이상했고 그 이상함은 내 가슴을 들뜨게 했다.

그후로 준수와 나는 종종 만났다. 그가 먼저 연락을 해왔고 밥이나 커피를 샀다. 아름다운 노을이나 그림자 무늬를 보면 사진을 찍어 보내기도 했다. 빌린 돈의 절반을 갚고 난 뒤에는 연락이 뜸해졌는데, 세진을 통해 전해들은 말들이 있었기에 사정을 물어보거나 섣부른 위로를 하기가 주저되었다. 망설임

의 시간이 길어지자 내가 먼저 연락하는 것이 마치 나머지 돈
을 돌려달라는 독촉처럼 느껴질까봐 더더욱 조심스러워졌다.
그가 연락하기를 기다렸다. 돈을 빌려주겠다고 한 것도, 천천
히 줘도 괜찮다고 한 것도 나였으니까. 나는 어쩌면 그때 내
호의가 그에게 가닿아 다른 감정으로 자라나기를 바랐던 것인
지도 모른다. 결과적으로는 그 반대가 되었지만.

　지하 바에서 마지막으로 준수를 본 지도 칠 년이 지났다.
　나는 준수와의 일, 둘만의 만남이나 빌려준 돈에 관해 아무
에게도 말하지 않았다. 세진에게조차 마찬가지였다. 처음에는
언제 어떻게 말하면 좋을지 몰라 미뤘던 것이 시간이 흐를수
록 말하기 어려운 일이 되어버렸다. 내가 준수에게 받지 못한
돈이 있다는 사실을 세진이 알게 된다면 지금이라도 당장 그
를 찾아가 받아오겠다고 할 텐데, 그건 내가 바라는 일이 아니
었다. 나는 준수와 나 사이의 일을 누군가가, 그게 세진이라고
해도 함부로 재단하는 것을 원하지 않았다. 돌려받지 못한 돈,
백만원. 과연 그것은 내게 옳고 그름만의 문제인가. 나는 이
문제를 다른 이가 납득하도록 설명할 수 없었다. 때때로 나 자
신에게도 그랬다. 백만원, 백만원 되뇌다보면 그것은 돈의 액
수가 아니라 돌려받지 못한, 대답조차 듣지 못한 내 마음이라
는 것을 확인하게 되었다. 나는 그 일을 그저 내 안에 가만히

놓아두기로 했다.

딱 한 번, 준수를 찾아간 적이 있다.

이 년 전 겨울이었고 서울에 첫눈이 내린 날이었다. 그날 나는 강남으로 외근을 갔다가 버스를 타고 퇴근하는 길이었다. 첫눈치고는 제법 많이 내려 도로 위 차들이 기어가다시피 했다. 성수대교를 건너고 있을 때 멀리 회색빛 하늘 아래로 서울숲이 건너다보였다. 몇 달 전 세진에게 전해들은 얘기가 떠올라 나는 충동적으로 하차 벨을 눌렀다.

준수 선배가 서울숲 근처에서 카페를 한다더라.

카페 이름은 'Zerkalo'. 나는 단번에 그 이름의 의미를 알아차렸다.

버스에서 내려 지도 앱을 켜고 Zerkalo를 검색했다. 도보로 십오 분 정도 떨어진 곳이었다. 나는 앱이 알려주는 경로를 따라 느릿느릿 걸었다. 눈발이 거세져 금세 길 위에 하얗게 눈이 쌓였다. 카페에 가까워질수록 문득 내가 거길 왜 가려는 것인지, 정말 준수를 만나고 싶은 것인지 회의감이 들었다. 놓은 것 아니었나. 이제 와 뭘 바라나.

카페 문은 닫혀 있었다. 개인 사정으로 쉽니다. 출입문에 붙은 종이 상태로 보아 아마도 여러 날이 지난 모양이었다. 유리창 너머로 보이는 컴컴한 실내와 빈 의자들을 보자 어쩐지 마음이 놓였다. 나는 짙은 녹색 외벽과 반짝이는 은빛 글씨로 쓰인 간판을 올려다보았다. 그가 영화판을 떠난 후 차린 카페 이름이 가장 존경했던 감독의 영화 제목이라는 것이 내게는 슬픈 농담처럼 느껴졌다.

눈이 하염없이 쏟아졌다.

나는 지갑 안쪽에서 삼십오 밀리미터 영화 필름 조각을 꺼냈다. 오래전 준수의 책에 끼워져 있던 작고 얇은 조각. 색이 바랜 네 개의 프레임에는 거울 속 자신을 사진기로 찍고 있는 한 남자의 모습이 담겨 있었다. 이따금 나는 필름 속 남자가 준수일까 생각해보곤 했다. 필름을 반으로, 다시 반으로 접었다. 카페 앞에 쌓인 아무도 밟지 않은 눈을 손으로 쓸어모아 접은 필름을 넣고 뭉쳤다. 쪼그려앉아 눈덩이를 바닥에 굴렸다. 눈덩이가 흩어지지 않도록 중간중간 손으로 눌러 다졌다. 금세 손끝이 얼어붙었다. 흰 눈을 모아 뭉쳤는데 완성된 눈덩이는 누르스름했다. 구둣발로 출입문 앞에 쌓인 눈을 깨끗하게 쓸어내고 그 한가운데에 눈덩이를 내려놓았다.

기억할까. 빌린 돈의 절반인 백만원을 흰 봉투에 담아 내가 사는 동네로 찾아왔던 혹한의 밤, 함께 어묵탕을 먹고 나와 눈발이 날리기 시작한 거리를 걸으며 내게 들려주었던 이야기를. 옛 고려 풍속에, 첫눈을 봉하여 지인의 집 앞에 갖다놓으면 그것을 받은 이는 반드시 한턱을 내야 했다는 이야기. 『세

종실록』에 그런 장난을 했다는 기록이 남아 있다고 그가 말했다. 첫눈을 봉한 그 눈덩이를 약이藥餌라 일컬었다고. 준수의 이야기 끝에 나는 걸음을 멈추고 그를 바라보았다.

언젠가 선배 집 앞에 작은 눈덩이 하나가 놓여 있으면 그건 나니까 꼭 한턱내요.

준수의 대답은 기억나지 않는다. 빙긋 웃으며 친친 감은 목도리 안으로 얼굴을 숨겼던가. 미끄러운 포장길을 앞서 걸으며 고개를 끄덕였던가.

몇 발짝 뒤로 물러나 닫힌 카페 문과 유리창 너머에 고인 짙은 어둠을, 그 어둠 속에 희미하게 비친 내 얼굴을, 위에 걸린 Zerkalo라고 쓰인 간판을 바라보았다. 이런 순간을 두고 미장센이라고 하는 걸까.

아침이면 눈덩이가 전부 녹아버릴지도 몰랐다. 설령 흔적조차 남지 않는다고 해도 상관없었다. 어차피 눈은 끝내 녹을 테니까, 본래 녹는 것이니까. 나는 언 손을 주머니에 찔러넣고 눈덩이 위로 흰 눈이 가만가만 쌓이는 광경을 한동안 지켜보았다. 두 눈으로 짧은 영상을 찍는 것처럼 움직이지 않고, 잠시 숨을 참은 채로. 그러고는 컷. 나는 곧장 뒤돌아 걸어나갔다.

* 소설에 나오는 인용문은 안드레이 타르코프스키, 『봉인된 시간』, 김창우 옮김, 분도출판사, 1991, 146쪽에서 가져왔다.

또,

또.

머리카락이 빠질 때마다 수진은 소리를 들었다. 입을 작게 오므려 속삭이듯 뱉는 또, 하는 소리를. 처음 며칠은 잘못 들었을 거라며 무심히 넘겼다. 일주일쯤 지나자 불시에 들려오는 그 소리 때문에 신경이 곤두섰다. 또, 소리가 날 때마다 수진은 주변을 찬찬히 둘러보았다. 처음에는 아무것도 발견하지 못했다. 그러다 매번 자신의 짙은 갈색 머리카락이 떨어져 있다는 것을 알아차렸다. 한번은 머리카락에서 소리가 날 리 없다고 생각하면서도 한 가닥을 잡아당겨 뽑아보았다. 뚝. 두피에서 모근이 뽑히는 느낌이 나긴 했지만 그것은 또, 하는 소리와는 달랐다. 환청을 듣나? 수진은 자문했다. 소리를 의식하기 시작한 지 보름이 지나자 확신할 수밖에 없었다. 샴푸 거품을 샤워기로 씻어내거나 젖은 머리를 드라이어로 말릴 때, 흘러내린 머리를 쓸어올리거나 다시 묶을 때, 잠자리에서 몸을 일으킬 때, 조용한 사무실에서 업무에 집중하고 있을 때, 그러니까 머리카락이 저절로 빠지는 순간마다 또, 하는 소리가 누군가의 귓속말처럼 작지만 분명하게 수진의 귀에 들렸다.

수진은 가슴께까지 내려오는 생머리를 매일 저녁 시간을 들여 감았다. 작년부터는 모발 건강과 탈모 방지에 효과가 있다는 맥주 효모가 함유된 샴푸를 썼다. 트리트먼트도 하고 에센스도 꼬박꼬박 바르는 편이라 미용실에 가면 머릿결 좋다는 칭찬을 종종 들었다. 빠지는 머리카락 개수가 눈에 띄게 늘어난 것이 아니어서 탈모가 의심되지는 않았다. 그저 빠질 때마다 소리가 들릴 뿐이었다.

수진은 틈틈이 '머리카락 소리'를 검색해보았다. 머리카락이 뽑힐 때 소리가 나는 이유를 묻는 글이 여럿 있었다. 툭툭, 토독, 뚝, 뚝뚝. 질문자들이 들었다는 소리는 다양했는데 답변으로 달린 글들에서 소리의 원인은 두 가지로 나뉘었다. 모발 건조로 인한 정전기와 탄력 부족으로 인한 끊김이었다. 수진이 듣는 또 소리에 관한 글은 찾아볼 수 없었다. 검색하면 할수록 새로운 연관 검색어가 나타났다. 머리카락 소리, 머리카락 빠지는 소리, 머리카락 빠지는 꿈, 탈모, 여성 원형 탈모,

스테로이드, 클리닉, 데일리 케어, 스트레스. 수진은 그중에서 자신의 경우와 딱 맞는 답을 얻지 못한 채 검색창을 닫아버리곤 했다.

행복주택 퇴거 일 년 전

휴대폰에 뜬 알림을 확인하며 수진은 역시 스트레스 때문인가, 혼잣말로 중얼거렸다. 사람들은 흔히 원인이 불분명한 신체 증상들을 스트레스 때문이라 여겼다. 스트레스는 이제 일상적인 수준을 넘어 남용되는 단어이자 상태가 돼버려서 삶의 모든 문제 원인이 스트레스인 것 같았고, 그래서 삶 자체가 스트레스가 되어가는 것도 같았다.

수진은 주 오일 출퇴근 시간마다 만원 지하철에서 사람들 어깨에 이리저리 치였고 내릴 역에 다다라 겨우 출입문을 빠져나왔다. 점심시간에는 회사 앞 백반집에서 분주한 식당 소음을 들으며 간이 센 음식을 십오 분 남짓 동안 서둘러 삼켰다. 오후 업무가 시작되기 전에는 화장실 세면대 앞에서 이를 닦으며 오가는 직원들이 소곤거리는 온갖 뒷담화와 소문을 들었다. 그리고 납품을 코앞에 두고 끊임없이 수정을 요청하는 클라이언트들, 입사 이래 한결같이 고여 있는 상사들과 업계의 불합리들, 그 모든 것. 최근 수진의 생활을 이루는 가닥들은 거의 평소와 다름이 없었다. 같은 팀 강주임의 업무가 수진에게 몰리면서 야근이 잦아진 것만 제외하면. 아무래도 스트레스인 건가, 수진은 되뇌었다.

난 스트레스라는 말이 싫어. 개별적 고통을 간단하게 싸잡
는 거잖아.

스마트워치가 오르락내리락 파형을 그리며 스트레스 지수
를 측정하는 동안 수진은 언젠가 치완이 했던 말을 떠올렸다.
측정 결과는 초록색 영역 맨 끝을 가리키고 있었다. 스트레스
가 전혀 없다는 의미였다. 수진은 시곗줄을 단단히 조이고 다
시 측정 버튼을 터치했다. 액정 화면 속 파형이 먼저 것보다
불규칙하게 이어졌다.

그 생각을 멈출 수가 없어요. 내가 모자라서 당한 건가, 바
보라서.

강주임은 휴가계를 내던 날, 회사 일층 카페에서 고개를 푹
숙인 채 수진에게 말했다. 그녀는 터져나오려는 울음을 간신
히 참고 있었다. 커피를 몇 모금 마시지도 않고 이제 법원에
가봐야 한다며 일어섰다. 수진은 돌아서는 강주임을 잡아 세
우고 도움이 필요하면 언제든 연락하라고, 식사와 잠을 잘 챙
겨야 한다고 그녀 귀에 들릴 리 없는 당부를 했다. 선선히 고
개를 끄덕이긴 했지만 아마도 강주임이 먼저 연락하지는 않을
거라고 수진은 짐작했다. 한 달이나 자리를 비우는 게 이미 민
폐라고, 죄송하다고 그녀는 여러 차례 말했다.

어떻게 지내고 있을까. 수진은 문자라도 보내볼까 싶어 휴대폰 연락처에서 강주임의 이름을 찾다 그만두었다. 무슨 말을 할 수 있을까. 그렇지 않아도 제정신으로 버티기 힘든 사람에게 괜한 부담을 주고 싶지 않았다. 열어둔 발코니 창으로 늦봄의 나른한 햇살이 들이쳤다. 일요일 오후. 개 짖는 소리, 뛰노는 아이들의 깔깔거리는 웃음, 눈부시게 화창한 날씨. 모든 것이 더없이 평화로워서 누군가에게는 야속한 날일 것 같았다.

수진은 편백나무 큐브가 든 베개를 베고 발코니 창 앞에 누웠다. 목과 어깨가 결릴 때마다 쓰는 방법이었다. 자그마한 베개를 목 뒤에 괴고 누우면 경추와 척추가 반듯하게 펴지며 몸이 바닥과 수평을 이루었다. 그렇게 온몸을 쭉 펴고 요가의 사바아사나 자세로 눈을 감고 있노라면 마치 편백나무 관 속에 누워 있는 듯한 느낌이었다. 어둠 속을 유영하듯 숨을 들이쉬고 내쉬면 온전히 지금, 여기에 있을 수 있었다. 하지만 가끔은 되레 정념에 사로잡혀 눈을 뜨고 말았다. 그러고는 괜스레 누군가의 눈이라도 되는 것처럼 천장의 스프링클러를 노려보았다.

편백나무 베개는 치완이 수진의 집에 남기고 간 유일한 물건이었다. 왜 하필 베개를 두고 갔을까. 쓰던 칫솔과 일회용 면도기까지 챙겨간 그가 왜 베개만 빠뜨리고 갔는지 수진은 이따금 궁금했다. 치완과 만날 때만 해도 수진은 이런 딱딱한 베개를 베지 않았다. 디자이너숍에서 비싼 값을 주고 샀다는 치완의 말이 기억나 아까운 마음에 버리지 않았던 것뿐이었다. 헤어진 마당에 베개를 가져가라고 연락하기도 껄끄러웠다. 그러던 것이 어느새 목이나 어깨가 뻐근할 때면 찾아 베게 되었다. 치완의 것이었던 베개를 베면서도 수진은 치완에 관해서는 거의 생각하지 않았다. 삼 년 넘게 사귀었고 그중 두 계절을 함께 살았던 사람에게 어떻게 이토록 무감정할 수 있는 것인지 어째서 간혹 그립거나 사소한 추억조차 떠오르지 않는 것인지 의아했고 그런 자신이 무섭다는 생각마저 들었다. 치완과의 이별에 수진은 일말의 미련도 죄책감도 없었다. 헤어진 지 삼 년 반이 지난 작년 가을까지만 해도.

수진은 손목을 들어 스마트워치를 보았다. 이번 측정 결과는 빨간색 영역 맨 끝을 가리켰다. 스트레스가 극심하다는 의미였다. 사람의 스트레스라는 게 단 몇 분 사이에 극과 극을 오갈 수 있는 것인지 의심스러웠다. 수진은 휴대폰 달력을 열어 오늘 날짜의 알림을 다시 확인했다. 행복주택 퇴거 일 년 전. 그러니까 일 년 후에는 이 일인 가구 아파트를 떠나 다른 집에서 살아야 한다는 의미였다. 행복주택이라는 명칭이 새삼스러웠다. 이곳에서 행복했나, 수진은 떠올려보았다. 행복할 때도 불행할 때도 있었지만 적어도 사는 동안 불안하지는 않았다. 그 '불안하지 않음'의 기한은 최장 육 년이었다. 벌써 오

년이 흘렀다는 사실이 믿기지 않았다. 수진은 부동산 앱으로 주변 월세와 전세 시세를 살펴보았다. 또. 몸을 돌려 모로 누웠다. 또, 하는 소리가 수진의 귀에 또 들렸다.

이 문제에 관해 어떠한 해결 방법도 찾지 못한 채 이십육 일째가 되었다. 수진은 전과 다름없는 일상을 보냈다. 회사에서는 온 신경을 업무에만 집중하려고 애썼다. 물론 소리가 거슬리기는 했지만 통증도 없고 남들 귀에 들리는 것도 아니어서 생활에 큰 지장을 준다고 하기는 어려웠다. 그 무렵 강주임의 업무까지 맡게 된 것이 수진에게는 차라리 도움이 되었다. 처리해야 할 일에 정신이 팔려 있으면 소리에 조금은 둔감해졌다. 건축사사무소에서 보낸 설계도와 자료를 바탕으로 타운하우스나 전원주택, 아파트 단지의 투시도와 조감도를 만들고 있노라면 수진은 자신이 있는 곳이 고해상도 모니터 세 대가 놓인 사무실 책상 앞인지, 한 번도 가본 적 없는 도시의 신축 건물 앞인지 무감각해졌다.

3D로 구현한 건물들은 하나같이 매끄럽고 아름다웠다. CG에는 대부분 건물만 있고 사람은 없다. 사람을 위해 짓는 것이지만 투시도나 조감도에서는 사람보다 건물이 돋보여야 한다. 그것은 건축물 내부를 3D로 구현하는 아이소ISO에서도 마찬가지였다. 사람들은 어디에 있을까. 수진은 그런 의문을 품곤

했다. 아파트에 줄무늬처럼 촘촘하게 창문을 그려넣을 때면 이렇게 많은 집에 정말 사람이 다 들어가 사는 걸까 싶었고, 고급 타운 하우스의 공동 정원을 꾸밀 때는 이런 곳에는 어떤 사람들이 사는 걸까 싶었다. 그렇게 화면 속 이곳저곳을 다각도로 누비다보면 자신이 유령이 되어 세상을 떠돌고 있는 것 같다는 착각마저 들었다.

수진은 뻑뻑해진 눈에 인공눈물을 떨어뜨리고 몇 번 깜빡였다. 다시 펜마우스를 잡고 오피스텔 외부 투시도에 신록의 활엽수 여러 그루를 배치했다.

깡주임 담당이던 신도시 오피스텔 건 어떻게 돼가나?

윤과장이 물었다. 그는 어느 틈에 기척도 없이 다가와 수진의 뒤에 서 있었다. 마무리 단계라고 수진이 대답했다.

그래, 깡주임 돕는다고들 생각하고 애 좀 써줘.

윤과장은 커피를 홀짝이며 수진의 등뒤에서 어슬렁거리다가 다른 직원의 등뒤로 슬며시 발걸음을 옮겼다.

과장님이 기척도 없이 뒤에 서 계실 때마다 진짜 깜짝깜짝 놀란다니까요. 아직도 적응이 안 돼요.

올해 초, 백반집에서 점심을 먹다가 강주임이 불만을 토로했다.

좀 그런 면이 있으시죠? 근데요, 강주임님.

된장찌개에서 두부를 건져올리던 강주임이 수진을 쳐다보

164

왔다.

그런 말 할 땐 앞에 앉은 사람이 누군지 잘 생각해야 해요.

순간 강주임이 당황스러운 낯빛을 띠었다.

어떤 사람들은 앞에서 맞장구를 치고 뒤에서는 강주임이 과장 욕하고 다닌다고 퍼뜨리거든요. 속마음을 드러내면 약점 잡히기 쉬워요.

강주임의 얼굴이 스르르 풀리더니 곧 평소 모습으로 돌아왔다. 그녀의 얼굴에는 늘 뭔가 억울한 기색이 스며 있고 잘 놀라는 어린아이 같은 구석이 있었다.

에이, 대리님은 그런 분 아니잖아요.

또 모르죠.

네?

수진은 밥을 한술 떠 삼키며 소리 없이 웃었다. 강주임도 농담을 알아들었다는 듯 씩 웃었다.

근데 과장님이요. 왜 직원들 성을 된소리로 발음하시는 걸까요? 전 들을 때마다 기분이 좀 그래요. 뭐랄까, 은근한 모멸감이 느껴진달까요?

강주임의 말에 수진은 크게 웃어버렸다. 짐짓 충고랍시고 한마디하긴 했지만 사실 수진은 강주임의 그런 꾸밈없는 면모를 좋아했다. 상대방이 감추고 있는 경계선을 조금의 의심도 없이 슬쩍 넘어버리는 천진함을.

강주임은 수진이 주임 이 년 차일 때 인턴으로 들어와 반년 뒤 정직원이 되었다. 수진이 그녀의 사수였다. 신입 시절의 강주임은 손이 빠른 편은 아니었지만 일 처리가 꼼꼼하고 실수가 적어 가르치는 보람이 있는 후배였다. 직급이 달라 절친하다고 할 수는 없었지만 직장에서 만난 관계 중에서는 가깝게 지내는 편이었다.

종종 스무 살에 상경한 자신과 서울 토박이인 수진은 다르지 않겠느냐며 서울살이에 관해 이것저것 묻고 고민 상담을 청하기도 했다. 그녀는 걸어서 출퇴근할 수 있는 거리의 오피스텔에 살고 있었는데 월세와 관리비가 자꾸만 올라 고민이라고, 도대체 월급은 다 어디로 사라지는 건지 돈이 모이지를 않는다고 털어놓았다. 청약홈 앱을 자주 드나들고 부동산 관련 영상도 틈날 때마다 찾아본다고 했다.

삼 년 전 여름이었다. 부서 전체 회식이 있던 날, 자리를 마치고 집으로 돌아가는 길에 그녀가 수진의 팔을 붙잡았다. 그때는 강주임이 사원, 수진이 주임이었다.

도주임님, 아이스크림 어때요? 제가 살게요.

두 사람은 근처 산책로에 있는 벤치에 앉아 아이스크림콘을 먹었다. 그날은 수진도 제법 취해서 열대야의 공기가 더 뜨겁고 끈적하게 느껴졌다. 강주임은 수진의 옆에 앉아 혀끝으로 아이스크림을 핥다가 돌연 옷 앞섶을 잡아당겨 쿵쿵거리며 냄새를 맡았다.

　오늘도 삼겹살 냄새 맡으면서 자겠네요.

　원룸 살면 좀 그렇죠.

　역시 저만 그런 거 아니죠?

　샤워를 해도 빨래를 해도 계속 냄새나는 거 같고.

　여름엔 더 심하잖아요.

　수진도 원룸에서의 생활이 어떤 것인지 잘 알았다. 대학교 이학년 때 본가에서 독립해 행복주택에 당첨되기 전까지 그녀도 여러 원룸을 전전했다. 원룸은 집이라기보다는 칸이었다. 작고 소중한 혼자만의 칸이긴 했지만, 원룸에서는 생활의 경계가 쉽게 흐트러졌다. 빨래를 널어놓은 자리에서 밥을 해먹고, 밥을 먹은 자리에서 잠을 잤다. 같은 자리를 맴돌 듯 하루하루를 지내다보면, 이 거대 도시에 의해 사육되고 있는 것 같다는 생각을 떨쳐내기 어려웠다. 금액과 위치의 적정선을 찾는 것도 풀리지 않는 문제였다. 회사와 가까운 원룸은 월세가 비쌌고, 그보다 저렴하고 좀더 넓은 곳은 회사에서 멀었다. 출퇴근 시간에 소모되는 에너지를 아낄 것인가, 월세를 아끼고 조금이라도 쾌적한 공간에서 지낼 것인가. 어느 쪽을 택하건 결과는 늘 만족스럽지 않았다. 근소한 차이로 최악보다는 차악이라고 판단되는 쪽을 선택할 따름이었다.

　주임님, 저요. 내년에는 꼭 투룸으로 이사 가려고요. 전세자금대출받아서.

학자금대출은 다 갚았어요?

그럴 리가요. 그래도 저, 이젠 다른 방에서 따로 말린 옷을 입고 싶어요.

강주임은 아이스크림이 묻은 입술을 몇 번이고 핥더니 배시시 웃으며 캄캄한 하늘을 올려다보았다. 마치 그 위에 투룸 집에 살게 될 자신의 달콤한 미래를 그려보기라도 하듯이.

깡주임 아니야?

윤과장이 유리벽 너머 복도를 건너다보며 한마디 툭 던지자 사무실 공기가 일순 술렁였다. 강주임이 느릿한 걸음으로 복도를 가로질러 대표실로 향하는 모습이 보였다. 그녀의 등장에 직원들의 수군거림이 웅성거림으로 바뀌었다. 강주임은 이주 연차에 이어 이 주 무급 휴가를 내고 한 달간 출근하지 않았다. 대표 결재가 곧바로 떨어진 일이긴 했지만 매일같이 정신없이 돌아가는 회사 분위기에서는 흔치 않은 경우였다. 그 일로 직원들 사이에서는 근거 없는 소문이 돌았고 강주임이 자리를 비운 사이 소문은 날로 무성해졌다. 그러나 그녀가 출근할 수 없었던 사정이 공공연하게 알려진 뒤에는 흉흉했던 소문도 언제 그랬냐는 듯 잠잠해졌다. 대신 직원들이 모였다 하면 강주임의 일을 두고 한숨 섞인 대화가 오갔다.

이 년 전 여름, 강주임은 전세자금대출을 받아 다세대주택의 투룸을 계약했다. 난생처음 해보는 전세 계약이라 걱정이 많았지만 그보다는 설렘이 더 컸다. 그때만 해도 대출 이자가 주변 월세보다 저렴했다. 적어도 앞으로 이 년 동안은 적금 부을 수 있는 금액도 늘 테고, 전보다 넓은 집에서 살 수 있게 되었다며 기대감에 부풀었다. 그녀는 이사 전후로 등기부등본을 발급해 문제가 없는지 확인하고 이사 당일에는 주민센터에 찾아가 확정일자도 잊지 않고 받아두었다. 지금까지의 인생에서 가장 큰일을 해낸 것만 같았다. 이삿짐이 정리되었을 즈음 강주임은 언제 한번 집에 놀러오라고 수진을 초대했다. 이제 한시름 놓았다며, 요즘 좀 행복하다고도 했다. 퇴근하는 강주임의 발걸음이 예전보다 가벼워 보였다. 작년 여름 경찰서로부터 연락을 받기 전까지는. 집주인이 주변 일대 건물을 수백 채 소유하고 있으며 수십억의 세금을 체납했다는 사실을 알게 되기 전까지는.

그 사기꾼은 잡혔대요?

잡으면 뭐 해? 돈 없고 죄 없는 사람들은 계속 생고생인데.

얼마 전에 경매는 전면 중지됐다던데요.

그래도 막막하지. 보증금이 한두 푼도 아니고, 대출받은 것도 문제고.

어떡해요. 강주임님 너무 안됐다.

남 일이 아니라고 이거, 진짜. 강주임은 뭐 멍청해서 당했겠어?

직원들은 진심으로 강주임을 걱정했고, 동시에 자신들을 피해 간 불행에 관해 남몰래 안도했다.

대표실에서 나온 강주임이 직원들의 질긴 시선을 받으며 유리문을 밀고 들어왔다. 그녀가 나타나자 직원들은 동요하면서도 누구 하나 선뜻 알은체하거나 말을 건네지는 못했다. 얼굴이 몰라보게 수척해졌고 옆머리가 하얗게 세어 있었다. 대표와의 면담을 마치고 사직서를 낸 모양이라고, 빠른 퇴직금 정산을 요청했다는 얘기가 벌써 사내 채팅방에 올라와 있었다.

강주임은 자신의 자리로 천천히 걸어왔다. 장차장과 윤과장이 일어나 어색하게 인사를 건넸다. 그녀는 아무 말 없이 묵례를 하고 의자에 앉았다. 한동안 멍하니 있던 강주임은 메고 온 배낭에 책상 위며 서랍 속 물건들을 느릿느릿 집어넣었다. 사무실이 쥐 죽은 듯 괴괴했다. 윤과장이 과장된 손짓으로 강주임을 쳐다보고 있는 직원들에게 각자 자기 일이나 하라는 눈치를 보냈다.

수진은 강주임 자리로 가 그녀의 어깨를 살며시 짚었다. 강주임은 수진을 잠시 올려다보더니 희미하게 미소 지었다. 그녀는 포장을 뜯지 않은 드립백 커피 한 상자를 물끄러미 보다가 불쑥 수진에게 내밀었다.

그동안 감사했어요, 대리님. 그리고 죄송해요. 갑자기 이렇게 돼서.

강주임이 뭐가 죄송해요.

제가 따로 드릴 건 없고.

수진은 난감한 표정으로 상자를 내려다보았다. 상자를 건네는 강주임의 손이 심하게 떨렸다. 그녀에게서 옅은 소주 냄새가 풍겨왔다. 수진은 마지못해 상자를 받아들었다. 강주임은 좀전처럼 다시 고개를 숙이고 배낭 속을 정리하다가 옆얼굴로 흘러내린 희끗희끗한 단발머리를 무심하게 귀 뒤에 꽂았다.

왜.

그 순간 수진은 들었다. 입을 작게 오므려 속삭이듯 뱉는, 귓속말 같은 왜 소리를 분명히 들었다.

왜.

강주임이 상사들과 팀원들, 다른 팀 직원들을 향해 깊이 허리를 숙였다. 누구 하나 잘 가라거나 그동안 수고했다는 말을 꺼내지 못했다. 그녀는 말없이 배낭을 어깨에 걸치고 사무실 문을 나섰다. 모두가 복도를 걸어가는 강주임을 유리벽 안쪽에서 지켜보았다. 수진은 그런 뒷모습을 어디선가 꼭 본 것만 같은 느낌에 휩싸였다. 그것은 기시감이 아니라 일종의 예감이었다. 불길한 예감에 순간 수진의 몸이 굳었다. 수진은 슬리퍼를 신은 채 곧장 복도로 뛰쳐나갔다.

또대리, 어디 가?

등뒤에서 윤과장이 소리쳤다. 수진은 있는 힘껏 뛰었다. 대답할 겨를조차 없었다. 중앙 복도로 나왔지만 강주임은 보이지 않았다. 세 대의 엘리베이터 중 두 대는 멈춰 있고 나머지한 대는 위층으로 올라가고 있었다. 엘리베이터가 꼭대기 층에서 멈추었다. 수진은 엘리베이터에 올라 십오 층 버튼을 눌렀다.

만약.

할 수만 있다면, 작년 구월 이십구일로 돌아가 수진은 이렇게 달려가고 싶었다. 있는 힘껏 뛰어가고 싶었다. 사랑했고 증오했고 끝내 헤어졌지만, 그래서 앞으로 영영 보지 않을 완전한 타인이 되기를 바랐지만, 수진은 치완이 사라지기를 바란적은 없었다. 치완이 무리한 코인 투자로 퇴직금과 오피스텔보증금 일부를 날리고 두 계절 동안 수진의 집에 들어와 지낼때, 밤낮으로 에너지 드링크를 들이켜며 온라인 게임에 열중하고 어질러진 방을 방치하고 앞날에 대한 진지한 대화를 회피할 때마다 치완이 눈앞에서 그리고 인생에서 사라져버리기를 바란 적이 있었지만 진심은 아니었다. 치완이 캐리어를 끌고 수진의 집 현관문을 나서던 아침, 한마디 말도 없이 돌아서는 그에게 넌 평생 그렇게 살다 죽으라고 속으로 저주의 말을 퍼붓고 저런 인간을 믿고 결혼까지 생각했던 자신이 바보라며 한탄했지만 결단코, 그가 그런 식으로 사라지는 것을 바란 적은 없었다.

그렇다고 수진이 낙하하듯 멈출 줄 모르고 떨어지기만 하던 치완의 상황에 관해, 그가 그런 상황에 이르게 된 근본적인 이유에 관해 깊게 생각해본 적이 있는 것은 아니었다. 무엇이 그토록 그를 끊임없이 떠밀고 내몰았는지, 그가 무엇을 계속해서 요구받았는지 수진은 알지 못했고 치완에게 물어본 적도 없었다. 아니, 물어볼 생각조차 하지 못했다.

자신의 인생에서 치완은 계속 나쁜 놈으로 기억되는 편이 나았을 거라고 수진은 생각했다. 이따금 친구들과 술을 마시다가 만취해 욕할 수 있는 전 애인으로 기억되는 편이 더 나았을 거라고. 결혼까지 생각했던 애인의 집에서 나와 다시 새로운 직장을 구하고 새로운 사람을 만나 결혼하게 되었다는 소식을 대학 동기들을 통해 전해듣는 편이 훨씬 더 나았을 거라고. 그건 치완이 어디에선가 평범한 남성으로 살아가고 있다는 뜻일 테니까. 수진은 그날 이후 하루에도 수십 번 생각했다. 편백나무 큐브가 든 베개를 베고 누워 눈을 감은 채 되새겼다. 치완의 바람처럼 그가 회사를 관두기 전, 그러니까 그의 아버지가 퇴직하기 전 서둘러 결혼식을 올렸다면 어땠을까. 그랬다면 우리의 미래는 어떻게 달라졌을까.

만약이라는 말로 달라질 수 있는 것은 아무것도 없었다.

수진은 대학 동기에게 연락을 받고 장례식장 앞까지 갔지만 안으로는 들어가지 못했다. 차마 들어갈 수가 없었다. 치완의 죽음은 한 줄의 기사 제목이 되어 인터넷을 떠돌았다.

전세 사기 피해자 삼십대 K씨 극단 선택

치완의 휴대폰 메모장에서 이런 글이 발견되었다고 했다.

주거안정 주거복지 주거정책 주거 주거 주거주거주거주우 거어어어

수진은 비상계단을 통해 옥상으로 뛰어올라갔다. 온몸이 후들거리고 심장이 빠르게 뛰었다. 옥상 철문을 열자마자 수진이 외쳤다.

강주임님.

난간 밑에 배낭을 가지런히 내려놓은 채 강주임은 소주를 병째 들이켜고 있었다.

강주임님!

수진이 더 크게 소리쳤다. 난간 앞에 서 있는 강주임의 구깃구깃한 셔츠와 바짓자락이 바람을 맞아 위태롭게 펄럭거렸다.

민주씨!

불어오는 바람에 수진의 머리카락이 이리저리 흩날렸다. 또. 또. 수진은 거칠게 머리를 쓸어넘기며 난간 가까이로 걸어갔

다. 강주임이 천천히 수진을 돌아보았다. 거무스름한 눈 밑이 젖어 있었다. 그녀는 얼굴을 일그러뜨리며 애써 웃어 보였다.

대리님, 여긴 뭐 하러 올라왔어요.

말끝을 올리지 않아 혼잣말처럼 들렸다. 수진은 강주임 곁으로 다가가 섰다. 거친 숨을 고르며 그녀의 옆얼굴을 바라보았다.

꽤 높네요. 여기 와보는 건 처음이에요.

강주임이 소주를 한 모금 마셨다.

안주라도 사다 줄까요?

강주임 얼굴에 설핏 웃음이 스쳤다.

제가 어떻게 되기라도 할까봐 온 거예요?

수진은 허리를 숙여 십오 층 아래 아득한 도심 풍경을 내려다보았다. 그만 내려가요, 그렇게 말하려다 입을 다물었다. 제가 더 내려갈 데가 있을까요? 혹시 강주임이 그렇게 묻는다면 뭐라고 대답해야 할지 알 수 없어서였다.

아니, 이거 주려고요.

수진은 휴대폰 케이스 뒤에 꽂아두었던 명함 크기의 쿠폰 여러 장을 꺼내 내밀었다. 강주임과 즐겨 가던 회사 근처 카페와 디저트 가게 쿠폰들이었다. 스탬프가 빼곡하게 찍혀 있었다.

그거 아세요? 대리님 가끔 진짜 엉뚱한 거.

수진과 강주임은 함께 피식 웃었다.

조감도로 보면 어디든 나무가 무성하잖아요. 근데 올라와 보니 알겠어요. 실제 세상엔 나무가 별로 없네요.

그러네요.

어떻게 한 사람이 건물 수백 채를 가질 수 있었던 걸까요. 그런 사람들을 왕이니 신이니 그렇게 부르면 안 되는 거잖아요. 그냥 사기꾼일 뿐인데.

강주임이 빌딩숲 너머 보이지 않는 지평선을 바라보듯 눈을 가늘게 떴다.

대리님.

수진이 고개를 돌려 강주임을 쳐다보았다. 아무것도 느껴지지 않는 표정이었다. 그녀의 그런 얼굴을 수진은 처음 보았다.

저 죽으면 어떡해요. 죽지 못해서 살면 어떡해요.

강주임의 목소리가 떨렸다. 수진은 살자고 말하려다 그 말도 삼켜버렸다. 돌려받아야 할 전세보증금을 전부 잃고 갚을 길이 요원한 빚을 지게 된 사람에게 그래도 살자고, 힘내라고 말하는 것이 어쭙잖게 여겨졌다. 수진은 마른 입술을 자꾸만 혀로 축였다.

멀리 서쪽 하늘 끝에서 시커먼 비구름이 몰려오고 있었다. 곧 한바탕 소나기가 쏟아지려는 모양이었다. 옥상으로 거센 돌풍이 불어왔다. 뭔가가 연신 펄럭거리고 흔들리고 넘어지는 소리가 들려왔다. 수진과 강주임의 머리카락이 사방팔방으로 나부끼며 두 사람의 얼굴로 마구 달라붙었다. 눈을 제대로 뜰 수가 없었다. 툭, 툭. 빗방울이 떨어지기 시작했다. 꼭 하늘이 침을 뱉는 것 같았다. 바람에 맞서며 버티고 서 있던 강주임의 어깨가 들썩이기 시작했다.

무서워요.

수진이 손을 뻗어 강주임의 손을 잡았다. 축축하고 차가웠다. 두 사람은 마주보았다. 그때 수진과 민주는 동시에 들었다. 서로의 소리를.

또.

왜.

하지

夏至

캠핑 의자가 도착했다. 폐업 선물이라며 지언이 보낸 것이
었다. 아니다, 귀향 선물인가? 지언의 메시지에 나는 키읔을
연달아 세 개 보내려다 지워버렸다.

사람이 진지하게 얘기하는데 크크크, 흐흐흐, 그건 좀 아니
지 않아?

언젠가 막걸리집에서 지언이 감자전을 젓가락으로 찢으며
그렇게 쏘아붙였을 때, 나는 그 말이 명현을 두고 하는 말이라
는 걸 정확히 알아들었으면서도 속으로 뜨끔했다. 나 역시 웃
기지 않아도 대답이 궁할 때면 습관적으로 키읔을 찍어 보내
곤 했으니까. 그후 지언에게 메시지를 보낼 때면 신경이 쓰였
다. 내가 별 의미 없이 크크크 웃을 때마다 지언이 혹여 명현

을 떠올리지는 않을까 싶어 조심스러웠다.

거창하다, 귀향이라니. 그럼 폐업귀향 선물인 걸로 해.

지언이 보낸 우는 이모티콘 뒤에 답을 보내고 택배 상자를
뜯었다. 지언에게 인증 사진을 보낼 요량으로 캠핑 의자를 조
립하기 시작했다. 초경량 백패킹체어는 두랄루민 프레임과 메
시 포인트가 있는 방수 시트, 두 가지 구성품으로 되어 있었
다. 조립이 간단할 줄 알았는데 생각보다 시간이 오래 걸렸다.
아직 길들자 않은 접이식 프레임 다리 끝을 시트 뒷면 모서리
의 작은 구멍에 끼워 넣는 일이 만만치가 않았다. 인생 쉬운
게 없구나, 혼잣말을 중얼거리며 여러 번 시도하다보니 이마
에 땀이 돋았다. 그간 잠잠했던 손목과 팔꿈치 통증이 도지는
것 같았다. 손아귀에 힘을 줘 프레임 다리 끝을 약간 휘어지게
구부리면서 네 개의 구멍에 겨우 집어넣었다. 조립을 끝내고
사진을 찍어 지언에게 보냈다.

의자 도착. 근데 왜 두 개야?

원 플러스 원이야. 둘 다 펼쳐서 하나에는 다리 올려놓고 앉
아봐. 엄청 편해. 캠핑장 갈 때까지 계속 펼쳐놔. 그러면 나중
에 조립하기 쉬워.

완성된 의자에 앉아보았다. 엉덩이가 무릎보다 낮게 내려가
서 자연스럽게 등을 기댈 수 있었다. 쪼그려앉는 자세와 비슷
했지만 시트가 팔뚝을 살짝 감싸주어 해먹에 눕거나 몸에 딱

맞는 소파에 앉은 느낌이었다. 제법 안락했다. 열어둔 창 너머 붉은 벽돌 건물들 위로 하늘이 내다보였다. 평소 보던 것보다 높은 하늘이었다. 오월은 푸르구나, 우리들은 늙는다. 지언이 흥얼거리던 노래가 떠올랐다. 오늘은 어른이날 우리들 세상. 멍하니 하늘을 보다가 짐 정리로 어수선해진 방안을 둘러보았다. 어제와 다름없는 방이 새삼 낯설었다. 이렇게 몸을 조금만 낮춰 앉으면 더 높은 하늘을 볼 수 있다니, 이 집에 칠 년 가까이 살았는데 처음 마주하는 풍경이 남아 있다니, 그동안 왜 그리 정신없이 살았을까. 짐을 정리하며 떠올랐던 상념이 도돌이표를 만나 다시 처음부터 시작되는 듯했다. 오월은 푸르구나, 우리들은 늙는다.

　나머지 의자 조립은 그새 요령이 생겨 먼저 것보다 수월했다. 의자 두 개를 마주 놓고 한쪽에는 엉덩이를 다른 쪽에는 다리를 올리고 앉았다. 정리가 더뎌 어질러진 짐을 보니 심란했다. 어떻게든 빨리 끝내고 싶었는데 마음처럼 쉽지 않았다. 정리를 하겠다고 앉아서는 이건 이래서 저건 저래서 버리기를 미루고, 추억이 담긴 물건을 발견하면 또 한참을 들여다보며 과거를 회상하는 바람에 시간을 허비했다. 멀리 이민을 떠나는 것도 아니고 차로 세 시간 반이면 닿을 수 있는 곳으로 가면서 참 호들갑이라고 혼자 웃기도 하면서. 시원섭섭하다는 말을 이럴 때 쓰는 걸까. 시원섭섭, 내 마음 상태를 표현하는 적확한 말인 것 같으면서도 충분하지 않다는 느낌이 들었다. 인생 절반이 이곳 서울에 있다. 애초에 나는 무엇을 이루고 싶었던 걸까. 무엇을 이루려고 그토록 아등바등했을까. 어쩌면 서울 하늘 아래 이런 작은 의자 하나 펼쳐놓으려고, 내 자리 하나 마련하려고 애쓰다 이십 년을 보낸 것인지도 몰랐다.

*

내려가기 전에 하고 싶은 거 없어?

지난주, 단골 먹태집에서 지언이 물었다. 나는 딱히 내놓을 답이 없어 미지근한 맥주잔만 만지작거렸다. 지언은 막 구워져 나온 한치를 찢으며 서울에서 가고 싶었던 곳은 없느냐고 대답을 재촉했다. 나는 가만히 고개를 저었다.

언제든 오면 되는데, 뭘.

말처럼 쉽지 않을걸. 주변에 보니까 그렇더라고. 서울 한 번 오는 게 다 돈이고 시간이야.

허리가 뻐근한지 지언이 옆자리에 둔 배낭을 등뒤에 받치고 자세를 고쳐 앉았다. 내가 걱정스럽게 쳐다보자 별일 아니라는 듯 손사래를 치며 희미하게 웃었다.

지언은 허리 디스크로 오랫동안 고생을 했다. 재수할 때부터였으니까 반평생을 함께해온 통증이었다. 지언은 자신의 허리 통증을 '먹물 지병'이라며 자조하듯 폄하하곤 했는데 그 말을 들을 때마다 나는 마음이 쓰였다. 인생이 어떻게 흘러갈지 전혀 예상할 수 없다는 걸, 노력한 만큼 보상받지 못할 수도 있다는 걸 받아들이기까지, 그것을 농담의 재료로 삼을 때까지 지언의 내면에서 치러졌을 보이지 않는 크고 작은 전쟁들을 나로서는 정확히 알 수 없었다.

이게 완치라는 개념이 없으니까, 뭐랄까. 지랄 맞은 애인이랑 계속 같이 사는 느낌? 좋았다 나빴다를 반복하는데 헤어질 수는 없는 사이 같달까.

허리 디스크를 두고 지언은 곧잘 그렇게 비유하곤 했는데, 한동안 내게 그것은 디스크가 아니라 명현과의 관계를 말하는 것처럼 들리기도 했다.

지언은 삼수 끝에 명문 사립대학 영문과에 들어갔다. 언론 정보학을 복수전공한 뒤 영국에서 일 년간 어학연수를 하고 돌아왔다. 졸업 후에는 잠시 직장을 다니다가 스물여덟에 대학원에 입학했다. 그 세월 동안 통증은 지언과 늘 함께였다. 영영 끝나지 않을 것처럼 지지부진하던 석사 과정을 지언은 결국 마치지 못했다. 목표로 하던 박사 과정은 시작도 해보지 못하고 모든 것을 멈춰야 했다. 통증 때문이었다. 정확히는 허리 디스크에 원인을 알 수 없는 전신 통증이 겹쳐서였다. 지언은 그동안 애써 쌓아올린 과정을 중단해야만 했다.

전신 통증은 지언이 기억하기로는 어느 날 갑자기 찾아왔다고 했다. 학과 교수들과의 저녁 식사 자리를 파하고 집으로 돌아가는 택시 안에서였다. 목덜미가 바늘에 찔린 것 같은 찰나의 찌릿함, 한 번도 느껴본 적 없었던 그 감각이 시작이었다. 통증은 걷잡을 수 없는 산불처럼 지언의 몸 전체로 퍼져나갔다. 핏속에 수많은 미세 바늘이 흐르고 있는 것처럼 극심한 통증에 시달렸다. 통증의 원인과 통증을 달랠 수 있는 방도를 찾는 사이 삼 년이 흘렀다. 병원의 여러 과를 전전하고 오래 기다린 끝에 통증 분야에서 저명하다는 교수에게 특진을 받기도 했지만 통증의 정확한 원인을 알아낼 수는 없었다. 어떤 자세를 취해도 편하지 않았고 깊이 잠들 수도 없었다. 지언은 웃음과 생기를 잃어갔다. 학업이며 아르바이트는 물론이고 책상 앞에 앉아 있는 것, 걸어 다니는 것, 밥을 삼키는 것, 사랑하는 사람과 가볍게 입을 맞추는 것조차 통증을 동반하는 고통스러운 일이 되었다. 일상은 산산조각이 났다. 지언은 그때 자신이 여지언이라는 한 인간이 아니라 여지언이라는 이름의 통증이 된 것 같다고 했다. 종일 아프다는 생각밖에 할 수 없었는데도 시간은 꼬박꼬박 흘러갔고 새해가 오면 나이를 먹었다.

서른넷이 되자 기다리고 있던 순서처럼 지언에게 우울증이 찾아왔다. 정신건강의학과에서 상담과 약물치료를 받기 시작했다. 하루도 빠짐없이 통증의 정도를 점수로 매기고 그날의 간단한 일과를 적고 감정 일기를 썼다. 꼬박 이 년이 지나자 통증은 찾아왔을 때처럼 알 수 없는 원인으로 조금씩 누그러졌다. 지언은 서서히 일상을 회복해나갔다. 할 수 있는 일을 하나씩 늘려갔다. 산책을 하고 수영을 배웠다. 외주 번역 일을 하고 과외 수업도 했다. 완만하게 삶의 바퀴가 다시 굴러갔다. 그렇게 또, 삼 년이 흘렀다. 전신 통증은 이제 거의 사라졌지만 허리 디스크는 여전히 지언 곁에 남아 툭하면 말썽을 부렸다.

통증에 관해서라면 지언과 나는 누구보다도 서로를 이해했다. 다른 종류이긴 하지만, 우리는 통증을 만성적으로 견디는 삶의 질감과 색조를 자연스럽게 공유하고 있었다. 통증은 불시에 찾아온다. 마음대로 통제할 수도, 갖다 버릴 수도 없다. 오랜 기간 통증과 더불어 살다보면 내가 내 몸을 통제할 수 없다는 무력감을 어쩔 수 없이 받아들이게 되는 순간이 온다. 이길 수 없다는 걸 깨달으면 달래면서 살 방법을 모색하게 되고, 그러면 또 그럭저럭 삶이 이어진다. 이제 지언과 나는 각자 겪는 통증에 관해 예전처럼 일일이 설명하지 않아도 어느 정도 짐작은 할 수 있게 되었다. 진통제를 삼켜도 잠들기 어려운 긴긴밤들과 통증에 시달리며 그래도 살아 있구나, 자각하는 정신 승리의 순간들을.

나는 견비통과 손목, 팔꿈치, 무릎 관절염을 내 일부처럼 지니고 살아왔다. 제빵사로 일하기 시작한 스물셋에 진단받은 회전근개 파열을 깨끗하게 치료하지 못해 이후에도 같은 이유로 정형외과와 한의원을 들락거렸다. 새벽 출근길에 골목에서 튀어나온 차에 부딪혀 왼쪽 발목 인대가 파열되었을 때도 대체할 근무자가 없어 깁스를 한 채 이튿날 바로 출근해 빵을 구웠다. 그때 물리치료를 제대로 받지 못한 것이 계속 발목에 영향을 주어 오래 서 있으면 항상 왼쪽 다리가 먼저 저렸다. 그 외에도 밀가루 흡입으로 인한 기관지염에 시달리거나 상품을 맛보다가 치아우식증이 생기기도 했고 이따금 화상을 입기도 했다. 나뿐 아니라 다른 제빵사들의 팔에도 오븐을 사용하다 생긴 화상 흉터가 흔했다. 이른 새벽부터 밤늦게까지 일하는 이른바 대목 시즌이면 미리 냄새 없는 파스나 근육이완제를 사다 놓고 일했다. 피로 회복에 좋다는 고함량 비타민, 아르기닌, 밀크시슬도 돌려가며 섭취했다. 이런저런 통증과 함께 십육 년을 제빵사로 일했다. 그러고 나니 병원과 약국에 쓴 돈이 전부 얼마인지 대충 헤아려보는 것조차 겁날 정도가 되었다. 그래도, 그때까지만 해도 빵을 만들며 얻게 된 통증을 비롯해 모든 안 좋은 일을 내가 만든 빵을 보며 잊어버리곤 했다. 나는 종종 그렇게 일하며 살았던 나날이 선순환인지 악순환인지 생각해보곤 한다. 아직도 결론을 내리지는 못했다. 빵을 만들며 보낸 나의 한 시절을 단지 좋음과 나쁨으로, 득과 실로 명확하게 나눌 수는 없다.

지언이 한치에 고추장을 찍어 내 입에 넣어주며 말했다.

그럼 나랑 이별 캠핑 가.

나 너랑 헤어져?

내가 입을 오물거리며 묻자 지언이 별소리를 다 듣는다는 듯 피식 웃었다.

서울, 빵 그리고 삼십대와도 곧 이별하잖아.

다음 달이면 전 국민이 한두 살씩 어려진다며.

아, 그러네.

서른아홉이 갑자기 서른일곱 되는 거 웃기지 않아?

똥 다 닦았는데 또 똥 나오는 느낌이지.

야, 너는.

인상을 잔뜩 찌푸리며 나는 빈 잔에 맥주를 채웠다. 지언이 짐짓 진지하게 말했다.

나도 내려갈까, 너 따라서.

지언의 빈 잔에도 맥주를 가득 따라주었다. 이번엔 내가 한치에 고추장을 듬뿍 찍어 지언에게 내밀며 웃어 보이자 지언은 새초롬한 얼굴로 껍질 벗긴 땅콩을 내게 내밀었다.

웃지 마. 정들어.

그래서? 어디로 가는데?

*

　노을공원 캠핑장에서 이별 캠핑을 하기로 했다. 서로 가능한 날짜를 맞추다보니 집 계약 만료일 일주일 전밖에 시간이 나질 않았다. 지언은 작업중인 번역 원고를 마감해야 했고 나는 서울살이를 접을 준비를 하느라 바빴다. 여러 번 이사를 다니면서 불필요한 물건은 적당히 버리며 살아왔다고 생각했는데 꺼내놓고 보니 착각이었다. 있는 줄도 몰랐거나 아까워 버리지 못한 물건, 싸다고 여러 개 사다놓은 물건이 집안 구석구석에서 계속 나타났다. 먼저 당장 입지 않는 옷가지와 신발, 이불을 싸두었다. 사놓고 거의 사용하지 않은 소형 가전과 그릇을 중고 거래로 팔았다. 책은 대부분 온라인 중고서점에 팔았는데 제과제빵 관련 책은 밑줄이나 메모가 많아 재활용 쓰레기로 버렸다. 미루던 치과와 산부인과 진료를 받고 매주 두 번 가는 상담도 받으러 다녔다. 한 달 남짓 남은 서울에서의 하루하루가 분주하게 흘러갔다. 겨를 없는 와중에도 수시로 지언과 메시지를 주고받았는데 지언은 이제 보름 남았네, 이제 십이일 남았네, 하면서 남은 날짜 수를 셌다.

　뭐야, 디데이도 아니고.

　노르망디는 아니고, 고향 상륙작전이랄까.

　갖다붙이긴. 내가 뭐 전쟁터 나가나.

생존도 전쟁이지.

지언의 말에 아무렇지 않은 듯 응수했지만, 밤이 되면 나도 짐으로 둘러싸인 방에 누워 남은 날짜를 셌다. 뭐 대단한 귀향이라고 날짜까지 헤아리고 있나 싶어 그런 내가 우스웠다.

고향으로 내려간다는 소식이 전해지자 일 년에 한두 번 연락하며 지내던 친구들한테까지 심심치 않게 연락이 왔다. 떠나기 전에 얼굴이나 한번 보자는 거였다. 나는 자주 올라올 거라는, 거짓말이 될지도 모르는 핑계를 대며 대부분의 만남을 피했다. 고향에 가기로 결정하기까지의 일들, 그간의 사정을 만나는 이들에게 매번 설명해야 한다고 생각하니 상상만으로도 피곤이 몰려왔다. 나도 죄다 접고 돌아갈 고향이 있었으면 좋겠다거나 서울 뭐 별거냐, 사람 사는 거 다 똑같지, 요즘은 지방도 살기 좋잖아, 같은 말들을 더는 듣고 싶지 않았다. 만남을 피한 가장 큰 이유는 사실, 내 안에 도사리고 있는 부끄러움 때문이었다. 청춘을 오롯이 바치고도 무엇 하나 이룬 것 없다는 자격지심과 심신의 병을 얻어 가족 곁으로 돌아간다는 수치심, 실패한 인생으로 보일지도 모른다는 두려움. 누구에게도, 심지어 나 자신에게조차 들키고 싶지 않은 감정이 마음속 여러 겹의 껍질 속에 교묘히 감춰져 있었다. 친구들의 만나자는 요청을 이 핑계 저 핑계를 대며 여러 차례 거절하고 난 뒤에야 내 안에 뿌리 깊은 부끄러움이 숨어 있다는 것을 알아차렸다. 내가 나를 그토록 부끄럽게 여기고 있다는 걸 인정할 수 없었고 인정하고 싶지도 않았지만, 사실이 그랬다. 상담 선생님 말처럼 그런 나를, 못나고 부끄러워서 감추고 싶은 나를 직면해야만 한다는 걸, 그래야 고향에서든 어느 곳에서든 앞으로 나아갈 수 있다는 걸 나도 잘 알았다. 머리로는, 생각으로는 그랬다.

여섯시쯤 올라가자. 그전에는 햇볕이 너무 뜨거울 거야.

맹꽁이 전동열차 매표소에서 만나기로 지언과 약속을 잡았다. 각자 집에서 택시를 타고 와 전동열차를 타고 캠핑장으로 올라가기로 했다. 도착해서는 간단하게 저녁을 먹고 장작불이 타는 걸 바라보다가 열시쯤 걸어 내려오는 것이 지언의 계획이었다. 운이 좋으면 노을을 볼 수 있을지도 모른다고 했다. 뭘 준비해 갈지 묻자 지언은 캠핑 의자만 챙겨오라고, 나머지는 자기가 다 알아서 하겠다고 했다.

택시에서 내려 매표소 쪽으로 걸어가자 무인 매표기에서 표를 사고 있는 지언의 뒷모습이 보였다. 뭘 얼마나 살뜰하게 챙겨온 건지 바닥에 내려놓은 배낭이 불룩했다. 그 배낭은 정확히 구 년 전 내가 지언과 명현에게 선물한 커플 아이템이었다. 지언과 명현이 만난 지 삼 주년이 되었을 때 한라산에 간다는 얘기를 듣고 축하 겸 생일 선물을 한 것이었는데 당시 내 딴에는 큰맘 먹고 삼 개월 할부로 산 것이었다. 선물을 전해주는 자리에서 할부가 끝나기 전까지 절대로 헤어지면 안 된다고 싱거운 농담도 건넸다. 그때는 그게 말 그대로 싱거운 농담이었다. 두 사람이 오래오래 함께하길 바랐고 그러리라는 걸 의심하지 않았다. 지언도 대한민국 땅에서 혼인신고는 해보고 죽어야지 않겠느냐고. 건강한 레즈비언 할머니로 노후를 맞이하려면 산에도 자주 다니고 운동도 열심히 하자고 답하며 옆자리에 앉은 명현을 보고 웃었다.

갈까?

지언이 먼저 전동열차에 올랐다. 자그마한 열차가 빈자리 없이 꽉 찼다. 저녁이면 서늘하고 모기도 별로 없어 요즘이 캠핑하기 딱 좋을 때라고. 사람 마음은 다 똑같은 모양이라고 지언이 속삭였다. 전동열차가 비탈길로 접어들자 바람이 나무 냄새를 싣고 시원하게 불어왔다.

텐트도 안 치고 잠도 안 잘 건데 이것도 캠핑인가?

불을 피우잖아.

여긴 언제 와봤어?

가끔 왔었어, 혼자.

몰랐네. 와서 뭐 했어?

앉아 있었지.

앉아서?

멍때렸지.

멍?

어, 멍. 근데 왜 아까부터 속삭여?

네가 먼저 속삭이길래.

전동열차에서 내려 지언이 예약해둔 자리로 갔다. 널따랗고
탁 트인 잔디 캠핑장에는 벌써 많은 사람이 텐트를 치거나 맥
주를 마시며 고기를 굽고 있었다. 자리마다 의자가 달린 피크
닉 테이블이 놓여 있고 바닥에는 디근자로 벽돌을 쌓아올린
화덕이 마련되어 있었다. 지언은 익숙한 동작으로 테이블 위
에 배낭을 내려놓고는 허리 스트레칭을 하며 잠시 하늘을 올
려다보았다.

노을이 질 것 같아.

어떻게 알아?

하늘이 딱 그래. 노을은 이쪽에서 보는 게 제일 예뻐.

전에도 이 자리였어?

뭐, 여기저기.

많이도 왔었나보네. 근데 이게 다 뭐야?

배낭에서 캠핑 용품을 하나씩 꺼내 테이블 위에 펼쳐놓는
것을 보고 눈이 휘둥그레지자 지언이 내 등을 살짝 떠밀었다.

넌 일단 요 앞에 의자 펴고 가만히 앉아 있어. 나무도 좀 보고.

나는 지언이 시키는 대로 고분고분 의자를 조립해 자리를 잡고 앉았다. 지언도 가져온 의자를 조립해 내 가까이에 놓았다. 캠핑용 테이블도 뚝딱 조립해 두 의자 사이에 놓고 위에다 테이블 크기에 맞춘 체크무늬 보를 깔았다. 그러고는 분주한 몸짓으로 휴대폰과 램프 모양의 블루투스 스피커를 연결해 음악을 재생했다. 스토브에 이소가스를 장착하고 주전자를 올려 물을 끓였다. 그라인더로 부지런히 커피 원두를 갈았다. 나는 지언을 보다가 나무를 보다가 하늘을 보다가 했다. 해가 기울기 시작한 잔디밭으로 산들바람이 불어오고 스피커에서는 음악이 잔잔하게 흘러나왔다. 탱고, 뉴에이지, 재즈, 클래식 여러 장르의 음악이 섞여 나왔는데 모두 가사가 없는 곡이었다.

지언은 언젠가부터 가사가 붙은 노래를 듣기 힘들어졌다고 말한 적이 있었다. 처음에는 번역 작업을 하면서 그렇게 된 줄 알았다고 했다. 새벽까지 책상 앞에 앉았다가 침대에 누웠다가를 반복하며 영어를 한국어로 옮기고 있노라면 노래 가사들이 자꾸만 귀에 거슬렸다. 그러다보면 어느새 노랫말에 귀를 기울이게 되고, 종국엔 집중력이 흐트러져 번역이고 뭐고 그만 드러눕고 싶어지더라고 했다. 그런데 번역 일을 하지 않을 때도, 버스나 지하철을 타고 외출하거나 가벼운 산책을 할 때도 더는 가사가 붙은 노래를 듣지 않는다는 걸 최근에야 깨달

왔다고 했다.

평생 들을 가사를, 그때 다 몰아 들었나봐.

'그때'라는 단어를 뱉기 전 지언은 잠깐 말을 멈추었다. 눈빛이 미세하게 흔들렸다. 그때라면, 나도 알고 있었다. 사 년 전 늦봄, 사귄 지 팔 년이 된 지언과 명현이 끝내 헤어졌던 그때. 동갑내기인 두 사람은 스물일곱에 만나 서른다섯을 함께 맞이했지만, 둘의 시간은 거기까지였다. 그즈음 지언은 정신건강의학과 치료를 받으면서 조금씩 심신의 안정을 되찾아가고 있었다. 지언이 다시금 시작할 수 있겠다는 실낱같은 희망을 발견하고 있을 때, 명현은 지언과 반대로 향하고 있었다. 지언은 명현의 마음을 전혀 알아차리지 못했다. 헤어지자는 말을 들은 후에야 뒤늦게 그간 이해할 수 없었던 명현의 말과 표정, 한숨과 그늘을 흩어진 퍼즐 조각처럼 모아 하나하나 맞춰보았다. 그제야 명현과 함께한 세월을 전시장 벽에 걸린 커다란 그림을 보듯 몇 걸음 뒤로 물러나 거리를 두고 바라볼 수 있었다. 대학원 과정 삼 년, 통증과 사투를 벌이던 삼 년, 우울증과 함께한 일 년 반, 그 지난한 시간을 살아내는 동안 명현은 지언의 곁을 떠난 적이 없었다. 지언을 향한 명현의 지극함을 나도 옆에서 지켜보았다.

헤어지자는 명현의 말을 지언은 이해할 수도, 받아들일 수도 없었다. 명현의 마음을 돌리기 위해 갖은 애를 써봤지만 명현은 어느 때보다도 차분하고 단호했다.

너한테 평생 줄 마음을 이미 다 몰아서 줬나봐.

그게 말이야? 차라리 싫어졌다고 해, 솔직하게.

싫은 게 아니야, 지언아. 더는 나한테 남은 게 없는 거야.

지언은 자신에게 물었다고 했다. 팔 년이라는 시간을 견디고 통과하는 동안 자신의 곁에 명현이 항상 있어준 만큼 명현의 곁에 자신은 늘 함께 있었는지를.

나는 나하고만, 내 고통하고만 있었더라고. 명현이 사랑을 있는 족족 빨아먹으면서.

겨우 힘든 시절을 지나왔는데, 이제 살 만해져가는데 왜 하필 지금 이별을 말하느냐고, 좀더 있다가 해도 되지 않느냐고, 나한테 복수 같은 걸 하는 거냐고, 마음 밑바닥에 삐죽이 튀어나온 녹슨 못 같은 말들을 지언은 차마 명현에게 할 수 없었다. 사랑해서, 사랑하니까 보내준다는 말 같은 건 지난 세기 가요에나 등장하는 가사라고 생각했었다. 사랑한다면서 왜 보내주는 건지 도무지 이해할 수 없었고 그건 진짜 사랑이 아니라고 속으로 비웃곤 했다. 그렇게 비웃던 누군가의 마음이, 그누군가가 쓴 노랫말이 자신의 얘기처럼 들리게 될 줄은 서른다섯이 될 때까지 상상조차 하지 못했다.

명현이 없는 집은 금세 싸늘하고 어두워졌다. 깊은 밤 혼자누워 있자면 후회와 자책, 불안이 뒤엉켜 끊임없이 지언의 가슴과 머리를 짓눌렀다. 또다시 무너질 수는 없었다. 지언은 불안을 달래려고 라디오 가요 채널을 듣기 시작했다. 전에는 듣지 않던 노래들을 따라 부르고 가사를 곱씹었다. 사람 일이란, 사랑이란, 사람이 사랑하는 일이란 죄다 그 무엇도 장담할 수없고 장담해서도 안 된다는 걸 지언은 종일 라디오를 들으며알게 됐다고 했다. 한동안 가요만 찾아 듣던 지언의 열성은 팬데믹이 선포되기 직전 전국에 트로트 열풍이 불면서 되레 사그라졌다. 가요를 듣고 이별이 혼자만의 아픔은 아니라는 사실에 위로를 받았지만, 자신뿐만 아니라 모두에게 위로가 되는 그런 노래들이 명현의 빈자리를 달랜다는 것이 뭔가 적절하지 않다는, 불합리하다는 생각이 들었다고 했다. 마음속에떠도는 발화되지 않은 말들을 너무 편리하게 노랫말 속에서찾으려 했던 것 같다고, 자신은 명현과 헤어진 뒤에도 줄곧 비겁했다고 지언은 가끔 내게 전화를 걸어 털어놓았다. 나는 가게 영업을 마치고 돌아와 늦은 저녁을 먹거나 작업복을 빨거나 종아리에 파스를 붙이고 엎드려 지언의 전화를 받곤 했다. 끝장난 팔 년의 사랑도, 이별의 아픔도 영원하지는 않았다. 지언이 한때 즐겨 듣던 노래 가사처럼 영원한 건 절대 없었다.

지언이 스테인리스 머그잔에 커피를 담아 내밀었다. 그윽한향기가 났다.

파나마 에스메랄다 게이샤야.

아, 이름은 들어봤어.

지언과 나는 나란히 앉아 신의 커피라 불리는 게이샤를 마셨다. 낯설면서도 상큼한 향미가 입안 가득 번졌다. 햇살과 꽃, 과일 냄새가 뒤섞인 처음 맛보는 커피 맛이었다.

호사가 따로 없다. 어디 있는지도 모르는 먼 나라에서 온 커피를 여기서 너랑 마시고 있다는 게.

호사지, 비싸고. 파나마는 코스타리카랑 콜롬비아 사이에 있고.

별걸 다 아네?

나도 찾아봤어. 얼마 전에 번역한 책에 커피 생산국에 관한 내용이 있어서.

파나마, 죽기 전에 가볼 수 있으려나?

가보고 싶어?

딱히 그런 건 아닌데.

근데?

내가 너무 좁은 세상에서만 살았다는 생각이 들어, 요즘.

그래서 이런 데를 와야 해. 가끔이라도 넓어지게.

지언이 몸을 일으켜 스토브에 다시 불을 붙이고 컵라면 포장을 뜯었다. 내가 도우려고 일어서자 그냥 있으라면서 배낭에서 직사각형 밀폐 용기 두 개를 꺼내 건넸다. 안에는 오이 김밥이 한 줄씩 담겨 있었다. 다른 속 재료 없이 오로지 오이만 통째로 넣은 김밥. 이어서 꺼낸 동그랗고 작은 용기에는 양념한 참치가 들어 있었다. 통조림 참치의 기름을 빼고 고추장과 마요네즈, 후추, 통깨, 들기름, 올리고당을 넣고 섞은 것이었다. 오랜만에 보는 지언의 김밥이었다. 우리는 컵라면과 김밥을 말없이 먹었다. 오이 김밥 위에 양념한 참치를 듬뿍 올려서 한입 크게 넣고 오래도록 씹었다. 컵라면 국물도 남김없이 마셨다.

이러고 있으니까, 꼭 삼십 년은 된 부부 같다.

그러게. 어떻게 한마디도 안 하냐.

지언과 나는 서로를 보며 낮게 웃었다.

명현이 생각나더라, 아까 김밥 싸는데. 내가 오이랑 김밥 좋아한다고 이렇게 자주 만들어줬어. 요리는 관심도 없는 애였는데.

사랑이네.

사랑이었지.

오랜만이네, 명현이 얘기하는 거.

결혼한대. 다섯 살 어린 남자랑.

남자?

어, 그 친구도 다 안다더라. 뭘 다 안다는 건진 모르겠지만.

명현이를 만났어?

200

어, 사월에.

오늘 나 모르는 거 많네.

시간이 필요했어. 너한테 말하기 전에.

하늘이 붉게 물들기 시작했다. 탁 트인 캠핑장 위로 붉은빛이 넓게 퍼져서 꼭 잘 익은 살구나 복숭아 속에 들어앉아 있는 것 같았다. 잔디밭과 숲은 어둑해지고 하늘은 더 붉고 환하게 빛났다. 주변에서 사람들의 탄성이 들려왔다.

지금 딱 어울리는 음악이 있어.

지언은 휴대폰에서 음악을 찾아 재생시켰다. 화면에 뜬 곡 정보를 내게 보여주었다.

Brahms−Intermezzo in A Major, Op. 118, No. 2

피아노 선율은 회한과 슬픔을 품은 파도나 바람처럼 지언과 나, 우리 사이를 지나쳐 공기 속으로 흘러갔다. 다른 피아니스트가 연주한 버전의 곡이 두 번 더 이어졌다. 같은 곡인데도 연주자마다 그리는 정경이 달랐다. 음악이 흐르는 동안 지언과 나는 줄곧 의자에 등을 기댄 채 하늘을 뒤덮은 노을빛이 서서히 엷어지는 광경을 바라보았다. 각자의 생각에 잠겨서, 아무런 말도 없이.

하지래, 오늘이. 일 년 중 낮이 제일 긴 날.

불쑥 지언이 말했다.

내일부터는 짧아지겠네.

그치. 뭔가 잘 어울린다. 하지랑 우리랑 이 캠핑이랑.

서쪽 하늘 가장자리가 보랏빛으로 변하자 지언이 불 피울 준비를 했다. 벽돌이 깔린 바닥에 나직한 접이식 화로대를 펼치고 장작을 하나하나 정성스럽게 쌓았다. 가늘게 자른 장작을 둥글게 뭉쳐 큼직한 장작들 틈으로 밀어넣고 토치로 불을 붙였다. 이윽고 장작이 타기 시작했다. 지언은 배낭에서 휴대용 다구 세트를 꺼냈다. 숙우와 거름망, 찻잔까지 제대로 갖춰져 있었다.

돈 벌어서 다 캠핑 용품 산 거야?

하나씩 사 모으다 보니까 자꾸 욕심이 나서.

지언은 숙우 위에 거름망을 얹은 뒤 마른 레몬그라스잎을 넣고 텀블러에 담아두었던 뜨거운 물을 부었다. 차가 우려지는 사이 바스락 소리를 내며 또 뭔가를 꺼내 왔다. 비닐 포장지에 싸인 크루아상이었다. 빵끈 대신 검은색 리본이 묶여 있었다. 지언이 크루아상을 캠핑용 테이블 한가운데 놓았다.

본격적이네, 슬프게.

명색이 이별 캠핑이잖아.

누가 보면 웃겠다. 빵이랑 이별이라니, 사람이랑도 제대로 못해봤는데.

지언이 두세 모금 용량의 작은 잔에 차를 따랐다. 우리는 뜨거운 찻잔을 조심스럽게 입으로 가져갔다. 해가 완전히 기울고 사위가 어두워지면서 싸늘한 기운이 감돌았다. 장작불의 온기가 무릎과 정강이로 전해져왔다. 마른나무가 타닥타닥 소리를 내며 타들어갔다. 장작에 골고루 불이 붙어 불꽃이 일렁이는 모양새가 크고 우아했다. 소리 없는 춤, 뜨겁고 유연한 몸짓. 지언이 스토브를 켜고 물을 올렸다.

이 불로 안 끓여?

얘는 아름다움이 목적이야.

근데 신기하다. 불은 왜 계속 바라보게 될까?

계속 변하니까?

그러네, 계속 변하네.

꼭 살아 있는 거 같지.

응, 살아 있는 거 같네.

지언이 차를 한번 더 우려 내 잔에 따라주었다.

좋다. 술 대신 차 마시는 것도.

우리 어릴 때 마신 술값 전부 모았으면 작은 집 하나쯤 샀을까?

여지언씨, 그럴 리가요. 서울에선 어림도 없지.

참 많이도 마셨다. 돈도 없고 시간도 없었으면서.

젊었지, 새파랗게.

나는 괜스레 발밑에 깔린 잔디를 내려다보았다.

수림아.

지언이 나지막한 목소리로 내 이름을 불렀다.

정말 괜찮겠어?

뭐가?

가게 닫는 거.

괜찮아야지.

나는 내 눈을 가만히 들여다보는 지언의 시선을 피했다. 어떤 표정을 지어야 할지 알 수가 없어서 애써 웃어 보였다.

앞으로 뭐 먹고살까 고민이지 뭐. 이 나이쯤 되면 이런 걱정은 안 할 줄 알았는데 오만했어, 내가.

지언이 화로대에 장작을 몇 개 더 올려놓으며 말했다.

괜찮아야 한다고 다잡아서 금방 괜찮아지는 것도 아니니까, 좀 안 괜찮아도 돼.

*

내가 그토록 좋아하던 빵냄새를 견딜 수 없게 된 것은 작년 시월 중순부터였다. 크루아상이 구워지고 있는 오븐 앞에서 처음 매스꺼움을 느꼈을 때, 나는 그게 구토감이라는 것도 인지하지 못했다. 그저 생리와 피로가 겹쳐 그런 거라고, 여느 날처럼 새벽에 정신없이 나오느라 빈속에 생긴 일시적인 증상일 거라고 가볍게 넘겼다.

성형을 끝낸 빵이 뜨거운 오븐 속에서 노르스름하게 부풀어 오르는 모습을, 가게 안을 가득 채우는 버터 녹는 냄새를 나는 좋아했다. 갓 소성이 끝난 빵에서 올라오는 열기와 고소한 냄새를 사랑했다. 제빵 일을 시작한 십육 년 전부터, 아니 빵을 처음 좋아하기 시작했던 지금은 기억나지 않는 어린 시절부터.

첫 구토감을 느낀 이후 울렁거리고 매스꺼워 토할 것만 같은 증세가 점차 빈번해졌고 강도도 세졌다. 처음에는 버터 녹는 냄새에만 반응하던 몸이 드라이이스트, 천연 발효종 냄새에도 반응했고, 한 달쯤 지나자 생크림과 크림치즈, 통밀, 달걀노른자 냄새에도 헛구역질이 났다. 몸에 무슨 문제라도 생긴 건가 싶어 병원에서 종합 검진을 받아봤지만 이상 소견은 없었다. 그 와중에도 혼자 운영하는 가게를 며칠씩 닫을 수는 없었기에 갖은 방법을 써가며 최대한 냄새를 덜 맡기 위해 노력했다. 휴지를 말아 콧구멍에 찔러넣은 뒤 마스크를 쓰고 일해보기도 하고, 추운 날씨에도 빵이 구워지는 동안에는 가게의 문이란 문을 죄 활짝 열어두기도 했다. 하지만 소용이 없었다. 해를 넘기자 증세는 더욱 심해져 참고 견디기 어려운 지경에 이르렀다. 집이나 다른 곳에서도 구토감을 느끼기는 했지만 가게에 있을 때 가장 힘들었다. 연신 헛구역질을 해대다보니 목구멍과 귀, 가슴과 어깨도 아프기 시작했다. 뭐가 잘못된 건지, 어디서부터 어떻게 해결해야 하는지 도무지 갈피를 잡을 수가 없었다. 반평생에 걸쳐 제일 좋아하고 잘하던 일이 갈수록 견딜 수 없는 일이 되어갔다. 가게 영업을 마치고 천변을 걸어 집으로 돌아갈 때면 그나마 숨통이 조금 트였다. 편안하게 숨 쉴 수 있었다. 살 것 같았다. 그러나 집에 와 기진한 몸으로 늦은 저녁을 먹고 씻고 잠자리에 누우면 도로 막막해졌다. 내일 또다시 빵냄새를 못 견뎌 욕지기를 느껴야 한다는 것이, 인상을 찌푸리며 숨을 참아야 한다는 것이, 지금으로서는 이 상태로부터 나아질 방법을 전혀 알 수 없다는 그 모든 사실이 날마다 제 발로 지옥에 걸어들어가야 하는 형벌처럼 끔찍하기만 했다. 지옥이라니, 나락이라니. 오랫동안 바라고 꿈꾸던 내 가게를 그런 식으로 부르게 되다니, 그것 역시 끔찍했다.

크루아상 가게를 연 것은 육 년 전이었다. 동네에 작은 빵 가게를 열겠다고 했을 때 가족은 물론 주변에서도 응원보다는 염려를 더 많이 했다. 잘 다니던 매장을 왜 그만두려고 하느냐고, 자영업은 아무나 하는 게 아니라고 했다. 온갖 걱정의 말을 들을 때면 덜컥 겁이 나기도 하고 포기하고 싶은 마음도 들었지만 내심 믿는 구석이 있었다. 크루아상 하나만큼은 맛있게 만든다고 자신했고 여러 매장에서 일하며 가게 운영에 필요한 공부도 꾸준히 해왔다. 초기 자금도 어느 정도 모아둔 상태였다.

서른셋에 나는 용기를 냈다. 열세 평이 조금 넘는 공간에 크루아상을 전문으로 하는 테이크아웃 전문 매장을 열었다. 고심 끝에 '레이어드'라는 간판도 내걸었다. 크루아상이 시그니처인 만큼 계절마다 구성을 달리하는 열 가지 크루아상과 세 가지 파이를 준비했다. 처음 삼 개월은 손님이 많지 않았다. 반년만 버텨보자는 각오로 월요일 하루만 쉬고 가게 문을 열었다. 곧 꾸준하게 들르는 단골이 하나둘 늘어났고 순익도 점차 올랐다. 순조로울 것만 같던 가게는 삼 년째 되던 해에 팬데믹이 시작되면서 잠시 주춤했다. 에스프레소 머신을 들이고 배달 플랫폼으로 배달을 개시했다. 매장 손님은 줄었지만 배달 주문은 되레 늘었다. 모두가 위기를 겪는 시기에도 그럭저럭 매출이 나왔다. 천만다행이었다. 뉴스에서는 연일 코로나 시기 자영업자의 위기를 보도했고, 실제로 같은 골목에 있는 식당이나 미용실을 비롯한 가게 여러 곳이 임시 휴업에 들어가거나 폐업을 했다. 가게를 닫지 않을 수 있는 내 상황은 축복이나 마찬가지였다. 그렇다고 마음 놓고 쉴 여유는 없었다. 사람과 만날 일도 얘기할 일도 거의 없었다. 가장 자주 만나는 상대가 배달을 위해 가게에 들르는 배달원들이었다. 돌이켜보면 어떻게 버텼는지 모를 삼 년이 또 흘러갔다. 그런데 끝나지 않을 것만 같던 혼란스러운 팬데믹 시기도 어느 정도 지나가고 가게도 안정적으로 운영되고 있던 작년 가을의 어느 날, 갑자기 원인을 알 수 없는 구토감을 느끼기 시작한 것이다. 증상이 나아지기는커녕 날로 심각해지자 나는 가게를 연지 육 년 만에 처음으로 일주일간 임시 휴업을 했다. 이월 마지막 주, 임시 휴업을 알리는 종이를 가게 문 앞에 붙이면서 나는 왜 하필 지금인가, 왜 이런 일이 벌어졌나, 내가 뭘 그렇게 잘못했나 속으로 되뇌었다. 누군가에게 원망을 퍼붓고 멱살이라도 잡고 싶은 심정이었지만 어디에 화를 내야 할지도 알 수 없었다.

더는 결정을 미룰 수 없었던 나는 일주일 동안 집에 틀어박혀 가게를 어떻게 해야 할지 골몰했다. 새벽마다 지언에게 전화를 걸어 울기도 하고 실없는 농담을 하기도 했다. 지언은 내하소연과 한탄을, 울음과 침묵을 군소리 없이 들어주었다. 어디 가까운 바다로 여행이라도 다녀오자고도 했지만 내키지 않았다. 그러다 임시 휴업일을 하루 남긴 저녁, 지언이 우리집으로 왔다. 우리는 늦은 밤까지 맥주를 마시며 이야기를 나누다 잠들었다. 다음날엔 느지막이 일어나 점심을 사 먹고 천변을 산책했다. 오후에는 정말 오랜만에 극장에서 영화를 보고 근처 유명하다는 카페에도 갔다. 종로 일대가 한눈에 내려다보인다는 빌딩 꼭대기 층에 있는 카페였다. 운좋게 창가 자리에 앉았지만 이미 해가 기운 뒤라 리뷰에 올라와 있는 멋진 시티뷰를 볼 수는 없었다. 창밖이 어두웠다. 유리창으로 보이는 것은 검은 하늘 아래 반짝거리는 도심과 그 위로 희미하게 비치는 그늘지고 거무죽죽한 내 얼굴뿐이었다.

왜 이렇게 된 건지 모르겠어.

창 너머에 눈길을 둔 채 내가 말했다. 지언은 잠시 아무 말이 없었다.

어디서 읽었는데.

지언이 뜸을 들이다가 말을 이었다.

모든 일에 이유가 있을 거라는 거, 그게 허상일 수도 있대. 이유가 없을 수도 있다는 걸 인정하는 것보다 이유를 찾지 못했다고 여기는 게 인간한테는 더 견디기 쉬우니까 그렇게 생각하는 거래.

어쩔 수 없는 인간이네, 나도.

나도.

두 달 뒤, 사월 말일을 마지막으로 나는 가게를 접었다. 당장 그것밖에는 다른 도리가 없었다.

이게 마지막이야.

지언이 남은 장작을 모조리 화로대에 올려놓았다. 지표면이 식으며 캠핑장 공기가 한층 싸늘하고 눅눅해졌다. 팔뚝에 소름이 돋았다. 어둠이 내리자 잔디밭 주변에 늘어선 키 큰 나무들이 시커먼 절벽 바위처럼 납작하고 수상해 보였다.

나무들 있는 데서 나무를 태우니까 미안하네.

미안한데 좋지?

응, 좋고 미안해.

우리 어릴 때 이 일대가 온통 쓰레기 더미였다더라. 쓰레기를 산처럼 버려놓고는 그 위에 방수 처리를 하고 흙을 쌓고 나무를 심어서 이런 숲이 있는 공원을 만든 거지.

그런 공원에서 또 장작불을 피우고. 인간은 모순 그 자체네.

불길이 사그라지고 하얗게 탄 장작에 남은 잔불이 은은한 붉은빛을 냈다.

난 그래서 인간이 좀 서글프고 아름다운 거 같아.

지언이 쇠 집게로 잔불을 들추었다. 반짝, 불똥이 튀었다. 꺼져가던 잔불이 일순간 환해졌다.

누군가는 망가뜨리는데 누군가는 망가지게 내버려두지 않잖아. 그 둘 다를 할 수 있는 게 인간이고. 징그러운데 사랑스럽달까.

지언이 배낭에서 바람막이 점퍼를 꺼내 내 어깨에 걸쳐주었다. 하늘이 어둡긴 했지만 도심의 불빛 탓에 아주 캄캄하지는 않았다. 서울 하늘빛에 안심하는 내가 우스웠다. 멀리서 맹꽁이들이 우는 소리가 들려왔다. 지언은 물을 한 주전자 더 끓여 차를 우렸다. 우리는 서두르지 않고 천천히 차를 마셨다. 조용히 앉아 어두운 숲을 바라보았다. 불씨가 마저 사그라들고 완전히 꺼진 뒤에도 한동안. 추운데도 따뜻했다.

*

부안으로 내려온 지 세 달이 넘었다. 이곳에서의 내 생활은
아주 단순하다. 아침 아홉시가 조금 넘어 일어난다. 빵 만드는
일을 업으로 삼은 이후로는 거의 일어나본 적 없는 시간이다.
어느새 늦은 기상 시간에 적응이 되었는지 요즘 부쩍 아침잠
이 늘었다. 부모님은 이미 출근한 뒤라 식탁에 내 몫의 밥이
밥상보로 덮여 있다. 아침을 먹고 설거지를 하고 간단히 씻은
다음 집을 나선다. 자전거를 타고 부모님이 운영하는 호텔로
향한다. 이름만 호텔이지 객실이 서른두 개뿐인 쾌적한 모텔
이다. 열한시까지 출근해 작업복으로 갈아입고 체크아웃을 마
친 객실로 간다. 일하시는 아주머니 한 분과 짝이 되어 청소를
한다. 침구를 새것으로 갈고 객실을 쓸고 닦으며 손님 맞을 준
비를 한다. 침대 커버와 타월을 세탁하고 뒷정리까지 마무리
하면 다섯시가 된다. 아르바이트 퇴근. 직원들, 부모님과 같이
이른 저녁을 먹는다. 비로소 진짜 퇴근.

퇴근 후에는 자전거를 끌고 호텔 바로 앞 해변으로 간다. 파
도가 들이치는 곳까지 걸어들어가 캠핑 의자를 펴고 앉는다.
날이 좋으면 수평선 너머로 해가 저무는 광경을 볼 수 있다.

날마다 다른 스펙터클을 보여주는 해질녘 하늘. 노을을 보며 지언과 같이 들었던 브람스의 인테르메초를 듣는다. 그간 여러 피아니스트 버전을 찾아 들었다. 요즘은 글렌 굴드와 백건우, 시모어 번스틴의 연주를 듣는다. 수없이 반복해 듣는데도 결코 되풀이가 아니다. 들을 때마다 다르다. 처음에는 내가 클래식을 잘 몰라서라고 생각했다. 몰라서 들리지 않던 소리들이 점차 들리게 된 거라고. 계속해서 듣다보니 곡을 잘 알게 되어 다르게 들리는 것도 맞았지만, 음악을 듣는 내가 매일 똑같지 않아서 음악도 다르게 들리는 거라는, 너무도 당연한 그 사실을 뒤늦게 깨달았다.

종종 모래사장에 맨발을 묻고 붉게 물든 하늘과 바다를 바라보면서 크루아상을 만들던 나를 떠올린다. 크루아상 만드는 과정을 머릿속으로 그려본다. 반죽기에 밀가루를 부을 때 흩날리는 하얀 가루 입자, 반죽기에서 떼어낸 꾸덕꾸덕하고 묵직한 반죽, 냉동실에서 막 꺼낸 유지의 차가운 감촉, 뚜하주를 마친 반죽의 반듯함, 반죽을 눌러 펴는 파이롤러 작동음, 냉장실에서 냉을 먹이는 삼십 분의 휴지, 기다란 삼각형 모양으로 잘린 반죽들, 돌돌 말기, 컨벡션 오븐 유리에 맺힌 작은 물방울들, 알맞게 오븐 스프링을 받아 노르스름하게 익어가는 초승달 모양의 크루아상. 하나하나 떠올리다보면 그 모든 게 전생처럼 아득하다.

너는 잘 지내.

서울을 떠난 지 일주일이 지났을 때 지언에게서 몇 장의 사진과 함께 메시지가 왔다.

매일 늦잠을 자고 땀흘리며 청소하고 밥도 맛있게 먹어. 저녁마다 바닷가에서 해지는 걸 봐. 그 어느 때보다도 너는 잘 지내.

꼭 보이는 것처럼 말하네? 잘 지내냐고 물어야지.

뭘 물어, 안 봐도 아는데.

어떻게?

거기 거꾸로 하면 안부잖아. 안부에 사니까 걱정 없지.

왜 거꾸로 하는데?

뭘 그렇게 다 알려고 해?

잔디밭 위로 펼쳐진 붉은 노을, 활활 타오르는 장작불, 캠핑용 테이블 위에 놓인 자그마한 찻잔 두 개와 검은색 리본으로 묶은 빵 봉지. 나는 지언이 보내준 사진들과 채팅방을 캡처한 스크린숏을 저장해놓고 보고 싶을 때마다 들여다보았다. 너는 잘 지내. 그건 마치 지언이 내게 거는 주문 같았다. 너는 잘 지내. 그 주문에 단단히 걸려들고 싶었다.

빵 만드는 일로부터 나는 멀어지게 될까. 다시는 버터 녹는 냄새를 맡으며 흐뭇하게 웃을 수 없게 될까. 내 일부를 끝끝내 잃어버리게 될까. 어떤 날은 희망에 찬 대답이, 또 어떤 날은 정반대의 대답이 내 안에서 들려온다. 대답은 매번 같지 않다. 그 무엇도 예상할 수 없고 확신할 수 없다. 다만, 내가 캠핑 의자를 펴고 해변 한가운데에 자리를 잡고 앉아 매일 두 눈으로 직접 확인하는 사실이 있다. 낮이 점점 짧아지고 있다는 것. 나는 안다, 때가 되면 다시 점점 길어지리라는 것을. 어김없지만 전과는 같지 않을 낮이.

부연 입김이 첫새벽의 적요 속으로 흩어진다.

사희가 연신 더운 김을 뿜으며 어둑한 하늘을 올려다본다. 마당 한가운데 우두커니 서서 한참을, 누군가를 기다리기라도 하는 사람처럼. 그런 사희의 모습이 구 년 사이 몰라보게 야위었다고 인애는 생각한다. 목덜미가 훤히 드러나는 짧은 머리 모양, 옆 이마에서 귓바퀴 뒤로 이어지는 하얗게 센 머리칼이 다시 봐도 낯설다. 인애는 성에 낀 유리를 또 한번 손바닥으로 닦는다. 문득 눈앞에 있는 사희가 자신이 알던 사희가 맞는지 의구심이 든다. 동시에 사희의 집 마루에서 사희가 내준 잠옷을 입고 서 있는 자신과, 미닫이문 너머로 보이는 등산화에 파카 차림의 사희가 오래된 꿈처럼 아득하게 느껴진다. 드르륵

문을 미는 소리에 사희가 뒤를 돌아본다.

어디 가?

깼어?

응.

밤새 한잠도 자지 못했지만 인애는 고개를 끄덕이며 대답한
다. 넌 잘 잤어? 되묻지 못한다. 자정 즈음 마루 너머 건넛방
쪽에서 어린 짐승의 신음 비슷한 소리를 들은 것 같다고, 방문
간유리에 아른거리는 그림자를 본 것 같다고 말하지 않는다.

밤에 바람이 많이 불었지.

물음인지 혼잣말인지 모를 말을 중얼거리며 사희가 물빛 털
모자를 눌러쓴다. 외풍과 함께 새어 들어오던 그 서글픈 소리
가 신음이 아니라 바람이었다고 인애는 믿고 싶다. 열린 미닫
이문으로 매서운 바람이 들이치고 마룻바닥 냉기가 인애의 맨
발에 스민다. 인애는 팔짱을 끼고 어깨를 한껏 움츠린 채 신발
끈을 고쳐 묶는 사희의 등허리를 잠자코 지켜본다. 배낭 주머
니에 보온병을 쑤셔넣으며 사희가 묻는다.

같이 갈래?

어딜?

저수지.

*

연락할게.

마지막으로 통화했을 때 사희는 느리지만 분명한 어조로 그렇게 말했다. 갑작스러운 이혼 소식을 듣고 놀란 인애가 지금 어디냐고, 당장 만나자고 재촉하자 나중에, 나중에 인애야, 라며 되레 인애를 달래듯 말했던 그 어조로. 대체 무슨 일이 있었던 거냐고 묻는 인애에게 그렇게 됐어, 라고만 짧게 답했던 그때의 어조 그대로. 그러나 그 통화 이후로 사희와는 연락이 닿지 않았다.

곧 다시 연락할 것처럼 전화를 끊었던 사희가 소식이 없자, 처음에 인애는 사희에게 시간이 필요한 것이라고 여겼다. 이혼 후 안팎으로 정리할 일들이 많을 거라고, 그간 사정을 털어놓지 못한 속이 말이 아닐 거라고. 그래서 사희를 걱정하면서도 선뜻 먼저 연락하지 못했다. 섣부른 행동 같아서였다. 고등학생 때 만나 십칠 년을 사랑한 사람과의 이별이 어떤 것인지, 헤어지는 과정이 어땠을지 인애로서는 짐작조차 할 수 없었다. 부부 사이의 일은 부부밖에 모른다지만 사희와 기섭의 이혼은 인애에게도 적잖은 충격으로 다가왔다. 남부러울 것 없어 보이던 한 쌍이었다. 이 년 전쯤 분양받은 아파트로 이사한 뒤 집들이에 초대했을 때만 해도 그 어떤 불화의 기미조차 느꺼지지 않았다. 부엌을 분주하게 오가며 함께 식사를 준비하던 두 사람의 모습은 인애가 내심 시샘을 느낄 만큼 다정하고 애틋했다. 그런 둘에게 그사이 무슨 일이 있었던 건지 인애는 알지 못했다.

계절이 두 번 바뀌고 나서 인애는 종종 사희에게 전화를 걸어봤다. 통화가 연결되지 않으면 문자메시지를 남겼다. 답장이 오지 않아도 섭섭하지 않았다. 사희가 연락해올 때까지 기다리자고 마음먹었다. 그즈음 인애의 삶에도 여러 변화가 생겼다. 남편은 시아버지의 건축 시공 사업을 물려받을 요량으로 이른 퇴직을 했고 잔병치레가 잦았던 아이는 네 살이 되어 어린이집에 다니기 시작했다. 인애는 살림을 하면서 아이를 돌보느라 그만둔 직장을 다시 알아보려고 애썼다. 하루하루가 숨가쁘게 흘러갔다. 그렇게 일 년이 훌쩍 지났다.

인애는 가끔 속으로 사희의 이름을 불러보곤 했다. 주로 혼자 있는 순간에, 숨이 턱까지 차오른 듯 답답함이 밀려와 누군가와 대화를 나누고 싶어질 때면 사희야, 하고 입속말을 했다. 인애에게 사희는 속마음을 가감 없이 털어놓을 수 있는 유일한 사람이었다. 몇 안 되는 친구들 중 가장, 때로는 남편보다도 사희를 편하고 가깝게 여겼다. 인애는 자신 역시 사희에게 그런 사람일 거라고 믿어 의심치 않았다. 연락이 끊긴 지 일년이 넘어가는데도 그랬다. 서로에게 기댈 수 있는 날들이 언제까지나 펼쳐져 있을 거라고 천진하게 믿었다. 오랜만에 사희에게 걸었던 전화에서 낯선 목소리를 듣기 전까지만 해도.

　한여름의 오후, 인애가 청소정리업체 면접을 보고 집으로 돌아가는 길이었다. 타야 할 버스를 눈앞에서 놓친 인애는 정류장 벤치에 털썩 주저앉았다. 멀어져가는 버스 뒤꽁무니가 면접 결과를 미리 알려주는 듯했다. 계속된 이상기온으로 도심의 열기는 식을 줄을 몰랐다. 벤치에 걸친 엉덩이가 뜨겁고 불쾌했지만 서 있을 기운조차 없었다. 인애는 맞은편 대형 빌딩의 불 밝힌 창문들을 멍하니 올려다봤다. 면접이 끝나고 가져온 팸플릿을 부채 삼아 얼굴 주변에 대고 신경질적으로 흔들었다. 집이 바뀌면 삶이 달라집니다. 땀에 젖어 꼬깃꼬깃해진 팸플릿 겉장에는 세련된 폰트로 그렇게 쓰여 있었다. 일상의 자질구레함과 비루함이 소거된 베이지 톤의 말끔한 거실 사진을 인애는 잠시 쏘아봤다. 지금에 이르기까지 인애의 집 역시 바뀌어왔고 그에 따라 삶도 달라졌다. 그러나 팸플릿 속 사진과 완전히 다른 방향이었다. 면접관으로부터 주거환경이 개인의 삶에 미치는 영향에 관한 질문을 받았을 때는 일순간 뇌리가 표백되는 듯했다. 그건 어쩌면 인애가 가본 적 없는 방향에 대한 무지 때문이었는지도 몰랐다. 온몸에서 쉴새없이 땀이 났다. 인애는 등줄기를 타고 흘러내리는 땀방울을 통증

처럼 견뎠다. 무언가에 기대고 싶은 마음이 간절했다. 그것이
사희라면, 사희의 목소리라면 좋겠다고 생각했다. 인애는 사
희에게 전화를 걸었다. 통화연결음이 길게 이어졌다. 역시나
이번에도 받지 않을 것 같아 끊으려던 찰나 낯선 목소리가 들
려왔다.

여보세요?

누구시죠?

저, 제가 번호 바꾼 지가 반년은 됐거든요.

아……

전에 문자도 여러 번 보내셨던 것 같아서요.

아, 네.

괜한 참견일지 모르지만 계속 그냥 넘기기가 뭣해 전화를
받았노라고 남자가 말했다. 고맙습니다. 인애는 저도 모르게
허리를 숙였다. 아닙니다. 그럼 들어가세요. 남자가 전화를 끊
은 뒤에도 인애는 휴대폰을 귀에 대고 있었다. 돌연 얼굴이 뜨
거워졌다. 그동안 인애가 보낸 장문의 문자메시지들을 사희가
아닌 낯모르는 이가 읽었으리란 데까지 생각이 미치자 창피함
과 허탈함이 밀려왔다. 곧이어 배신감 비슷한 것, 화와 서운
함, 원망과 염려가 뒤섞인 감정이 인애를 덮쳤다. 남자의 친절
이 야속하기까지 했다. 모르는 편이 더 나았을까. 아니다, 그
렇지 않다. 그럼 사희는? 사희는 대체 어떻게 된 걸까. 인애는

휴대폰 주소록을 열어 사희의 소식을 알 만한 이가 있는지 뒤져봤지만 마땅한 사람을 찾지 못했다. 누구보다 사희를 잘 안다고 믿었던 자신이 어처구니없고 우스웠다.

사희가 말없이 사라졌다는 걸, 그 사실을 일 년여가 지나서야 알게 됐다는 걸 인애는 인정하기 어려웠다. 연락할게. 사희는 분명 그렇게 말했었다. 진심이었을까. 그 말의 저의가 무엇인지 인애는 곱씹어보곤 했다. 혹시라도 연락할 수 없는 상황이 된 걸까. 그건 도대체 어떤 상황일까. 무슨 큰일이 생긴 거라면 오히려 어떤 식으로든 연락이 오지 않았을까. 끊임없이 질문이 이어지는 동안 인애의 마음에는 메워지지 않는 균열이 생겨났다. 결국 그 정도였나, 우리가. 십오 년의 세월이 정말 그 정도뿐이었던 건가. 오랫동안 인애는 묻고 또 물었다. 자신에게 그리고 사희에게.

*

사희가 차를 몰아 마을을 벗어난다. 버려진 촌집 여러 채, 무엇을 심었었는지 알아볼 수 없는 행댕그렁한 밭, 먼지를 뒤집어쓴 비닐하우스들과 앙상한 나무들을 지나친다. 차는 이십 분쯤 좁은 국도를 천천히 달린다. 눈이 녹지 않아 희끗희끗한 능선 너머로 희붐히 날이 밝아온다. 사희는 말없이 전방을 주시하고 있다. 과속방지턱이 나타나면 세심하게 속도를 줄인다. 인애는 사회가 건네준 두툼한 파카를 걸치고 주머니에 손을 찔러넣은 채 조수석에 앉아 있다. 파카 주머니에서 단단하고 반질반질한 호두 두 알이 만져진다. 슬며시 호두알을 쥐어본다.

춥진 않아?

응.

인애는 잠긴 목소리로 겨우 대답하고는 차창 밖으로 눈길을 돌린다. 어제 오후 충동적으로 기차에 올랐던 자신을 떠올린다. 은행 대기석에서 사회의 인터뷰가 실린 잡지를 집어들지 않았더라면, 포털에 사회의 이름을 검색해보지 않았더라면, 어느 블로그에서 깨진 도자기를 수리하는 일본 전통공예라는 킨츠기 수업 공지를 발견하지 않았더라면, 언제까지고 사회를 깊이 묻어둔 채 살았을까. 알 수 없는 일이다.

무엇을 바랐던 걸까. 차 안에 고인 침묵이 인애의 가슴을 더욱 무겁게 내리누른다. 예전과 같을 거라고 기대하지는 않았다. 그런 걸 바라고 사회를 만나러 온 게 아니다. 그렇다고 정확히 어떤 이유로 이곳까지 오고 말았는지는 인애 자신도 알지 못한다. 설명할 수가 없다. 인애는 울컥 치미는 감정을 진정시키려고 차가운 차창에 얼굴을 바짝 붙인다.

국도변에 닭백숙이라고 커다랗게 쓰인 간판이 보이자 차가

샛길로 접어든다. 낮고 허름한 식당 건물과 단독주택 몇 채를 지난다. 조금 더 달리자 낚시터가 보인다. 사희는 낚시터 입구도 지나쳐 계속 안쪽으로 차를 몬다. 점점 길이 험해진다. 수령이 오래된 나무들이 양옆으로 우거져 제법 숲의 모습을 이루고 있다. 오솔길 끝에 이르자 소나무로 둘러싸인 단층의 붉은 벽돌집이 나타난다. 사희가 주차된 트럭 옆에 차를 세운다. 강자갈이 깔린 어스름한 마당을 형광등 불빛이 비춘다. 누군가 창문으로 빼꼼히 얼굴을 내민다. 차에서 내린 사희가 그에게 다가가며 인사를 하자, 곧 현관문이 열리고 노인이 자그마한 꾸러미 하나를 들고나와 사희에게 건네준다. 노인은 허리가 굽었지만 정정한 느낌이다. 노인과 사희는 문가에 서서 잠깐 이야기를 나눈다. 말소리는 들리지 않고 달싹이는 입 모양만 보인다. 사희가 노인을 보며 웃는다. 환하게. 이곳에서 인애가 처음으로 보는 사희의 함박웃음이다. 트렁크에 꾸러미를 실은 사희가 조수석 차창을 두드린다. 인애가 창을 내리자 불쑥 사희의 손바닥이 차 안으로 들어온다.

주머니에 호두 있지?

호두알을 쥐고 노인에게 달려가는 사희의 뒷모습이 날래다. 왜인지 인애는 섭섭한 기분이 든다. 노인은 사희에게 손을 흔들어 보이고는 잰걸음으로 집안으로 사라진다.

사희는 다시 차를 몰아 더 깊숙이 들어간다. 차가 다니지 않을 것 같은 좁다랗고 험한 비포장길이다. 인적 하나 없다. 사위가 어둑해진다.

조금만 더 가면 돼.

누구셔?

차가 심하게 흔들린다. 노면이 울퉁불퉁해 사회와 인애의 몸도 덩달아 덜덜거린다. 사회가 손등으로 코를 문지르며 대답을 미룬다. 저수지가 보이기 시작하자 그제서야 입을 연다.

나 살려주신 분. 생명의 은인.

*

삶의 어떤 변곡점은 비밀스럽게 등장한다. 지나온 뒤에야 그것이 인생에서 중요한 순간이었음을 깨닫게 되는 일들이 으레 그렇듯이. 그날, 그러니까 인애가 사회를 찾아가기 전 오후에 인애는 자신을 뒤덮는 강렬한 감정의 정체를 당연하게도 알아차리지 못했다. 그저 오랫동안 억눌러온 충동이라고 여겼다.

인애가 대출 상담을 하고 돌아온 그날 집 앞에는 스티로폼 상자들이 현관문을 가로막은 채 쌓여 있었다. 마치 빙산에서 떨어져나온 허옇고 반듯한 얼음 덩어리들처럼 보였다. 인애는 저도 모르게 인상을 찌푸렸다. 택배 송장을 확인하지 않아도

226

알 수 있었다. 고모가 보낸 딸기였다.

잼 따위 만들 기분이 아니었지만 인애는 앞치마를 두르고 싱크대 앞에 섰다. 내키지 않는 일도 해내는 게, 내키는 일만 하며 살 수 없다는 걸 받아들이는 게 어른이라지. 나는 어른이고 딸기는 죄가 없지. 인애는 속으로 혼잣말을 뇌까리며 딸기를 스테인리스 대야로 옮겨 담았다.

언제나 양이 문제였다. 고모는 매번 무르기 전에 다 먹을 수 없을 만큼 지나치게 많은 딸기를 보내왔다. 지퍼백에 담아 냉동실을 채우고도 남아서 잼을 여러 병 만들어야 할 만큼. 이번에도 커다란 스티로폼 상자 네 개가 왔다. 상자 밑바닥에 가까워질수록 딸기는 죄다 뭉개져 볼품없었다. 고모는 잘 익은 딸기를 따 보냈을 것이다. 아마도 많이 보내주고 싶어 부러 소포장을 하지 않았을 것이다. 하지만 커다란 상자에 딸기를 수북이 담아 보내면 먼 거리를 이동하는 사이 저들끼리 부딪치며 짓이겨질 수밖에 없었다. 인애에게는 그 점이 늘 불편하게 다가왔다. 고모의 호의 속에 웅크리고 있는 해맑은 무신경함이. 누군가는 그 많은 딸기를 사 먹으면 돈이 얼만가, 얻어먹는 처지에 군말도 많다 하겠지만 어린 시절부터 고모를 겪어온 인애로서는 물러터지고 짓이겨진 딸기의 꼴이 오랜 세월 자신을 대해온 고모의 태도, 인애를 위해서였다는 고모의 행동들이 만들어낸 결과와 닮아 있다고 생각했다. 고모는 천성이 선한 사람이었다. 주변 사람들이 얘기하듯 법 없이도 살 사람, 측은한 것을 지나치지 못하는 사람이었다. 어쩌면 그런 고모 덕을 가장 톡톡히 본 것이 인애였다. 이혼한 부모가 서로에게 떠넘기던 아이, 부모의 사랑과 보호를 받지 못하고 방치됐던 열다섯의 인애를 데려와 먹이고 입혀 대학까지 보낸 사람이 고모였다. 인애에게 고모는 여전히 갚을 수 없는 빚이자 거절할 수 없는 선심이었다.

달콤한 냄새가 부엌 가득 퍼지는데도 인애의 얼굴은 좀처럼 풀리지 않았다. 미룰 수 없는 과제를 해치우듯 기계적으로 손을 놀렸다. 유리병을 열탕소독하고 딸기를 헹구고 꼭지를 잘라냈다. 뭉개진 딸기를 골라내 일하는 중간중간 입에 넣는 것으로 점심밥을 대신했다. 많다. 많아도 너무 많다. 입속에 딸기를 욱여넣고 중얼거리는데 티셔츠 앞섶에 붉은 물이 튀었다.

딸기를 받을 때마다 투덜거리는 인애에게 몇 해 전 남편은 양이 많은 게 무슨 문제가 되느냐고 핀잔을 놓았다.

고모님이 들으면 섭섭하시겠다.

못 듣잖아.

그렇게 불만이면 이제 보내지 마시라고 해.

어떻게 그래.

그럼 좀 적게 보내시라고 하든지.

......

아니면 뭉개진 건 그냥 버리든지.

강 건너 불 보듯 무심한 말투로 속을 긁는 남편을 인애는 못마땅하게 쳐다봤다.

별수 있어? 감당 안 되면 버려야지.

감당 안 되면 나랑 지우도 버리겠네, 당신? 인애는 캔맥주를 들고 소파로 향하는 남편의 뒤통수에 대고 쏘아붙이고 싶었지만 열려 있는 아이의 방문을 흘끔 돌아보고는 참았다.

처음부터 부담스러웠던 건 아니다. 딸기가 오기 시작한 것이 아이가 어린이집에 들어간 해부터니까, 이제 팔 년째였다. 예순 넘어 뒤늦게 재가한 고모가 처음 딸기를 보내주겠다고 연락했을 때 인애는 괜찮다며 사양했다. 괜한 신세를 지고 싶지 않았다. 고모도 더는 말을 보태지 않았다. 그러다 수년이 흐른 뒤 어느 날, 아무런 언질도 없이 딸기 여러 상자가 도착했다. 인애가 가장 먼저 떠올린 것은 사촌 동생 화정이었다. 처음에는 하나뿐인 딸이 캐나다로 워킹홀리데이를 떠나자 고모가 적잖이 적적해진 모양이라고, 해마다 딸에게 보내던 딸기를 자신에게라도 대신 보내고 싶었던 모양이라고 짐작했다. 그 짐작이 착각이었다는 걸 나중에야 알게 됐지만.

이월 중순이면 어김없이 고모부의 농장에서 딸기가 배송됐다. 모양은 파는 것만 못해도 맛은 있을 거야. 딸기를 받고 고맙다고 인사하려 전화를 걸면 고모는 늘 비슷한 말들을 했다. 올해는 알이 무르긴 해도 맛은 나쁘지 않을 거야. 올해는 색이 좀 연하지만 괜찮을 거야. 그러고는 잘 지내지? 하고 덧붙였다. 딸기는 핑계고 인애의 안부를 묻는 게 진짜 용건인 것처럼, 인애가 전화를 걸어오기를 기다렸던 것처럼 마지막에서야 조심스럽게 물었다. 네, 다 잘 지내요. 인애가 심상하게 대답하면 휴대폰 저편에서 고모의 나지막한 콧숨이 들려왔다. 하고 싶은 말을 애써 삼키는 듯한 낮은 숨소리. 몇 해 전부터 인애는 그 짧은 침묵 끝에 고모의 입에서 화정의 이름이 나올까봐 불안해서 지우가 왔나봐요, 전화가 들어오나봐요, 같은 어설픈 핑계를 대며 전화를 끊어버리곤 했다. 그런 날이면 늦은 밤 고모에게서 문자메시지가 왔다. 힘든 일 있으면 언제든 연락해. 그것은 고모가 인애에게 건네는 일종의 화해의 제스처였다. 우리가 어떤 사이니, 이렇게 지낼 필요까진 없잖니, 전처럼 지내면 안 되겠니. 실은 그렇게 말하고 싶은 고모의 완곡한 표현이라는 걸 인애는 모르지 않았다.

문제는 너무 많은 양의 딸기가 아닌지도 몰랐다.

인애는 작년 이맘때 아이에게 들은 이야기를 떠올렸다. 딸기를 다듬고 있던 인애 곁에 아이가 다가와 물었다.

엄마 그거 알아?

응?

딸기는 헛열매래. 위과.

헛열매?

여기 딸기씨라고 부르는 게 진짜 열매래. 충격적이지.

충격적이네.

딸기 하나에 열매가 이백 개쯤 박혀 있대.

이백 개나?

인애는 알이 굵은 딸기 하나를 집어 들여다보다가 아이의
입에 넣어줬다. 달고 맛있다며 환하게 웃던 지우. 인애는 붉게
얼룩져 부엌 바닥에 널브러진 빈 스티로폼 상자들을 내려다봤
다. 헛열매, 헛열매. 입속말로 되풀이하자 신물이 넘어온 것처
럼 입안이 썼다.

딸기를 무르지 않은 것과 무른 것으로 나눴다. 무르지 않은
것은 그대로 밀폐 용기에 담아 냉장실에 넣었다. 무른 것은 씻
은 뒤 물기를 빼 얼리고 냉동실에 들어가지 않는 나머지는 모
조리 잼으로 만들기로 했다. 오늘이 아니면 언제 또 짬이 날지
알 수 없었다. 남편도 아이도 없는 평일 점심나절의 집안 공기
는 조용하고 홀가분했지만 그렇다고 인애가 혼자 느긋하게 여
유를 즐긴 적은 거의 없었다. 퇴사한 지 한 달이 넘었는데도
오후 볕이 드는 소파에 기대앉아 커피 한잔 제대로 마시지 못
했다. 직장에 다닐 때보다야 살림만 하는 요즘이 한가한 편이

라고 할 수도 있겠지만, 마음만은 어느 때보다도 산란하고 조급했다. 인애 이름으로 진 빚을 아직 다 갚지도 못한 상태에서 남편이 인애 모르게 아파트 담보로 대출을 받았다는 사실을 알게 된 뒤부터 줄곧. 인애는 커다란 냄비에 무른 딸기를 쏟아붓고 수분이 빠져나오도록 뭉근하게 끓였다.

결혼이란 자의로 자기 삶의 증인을 들이는 일이다.

냄비 속이 부글부글 끓기 시작하자 인애는 나무주걱으로 딸기를 으깨며 그 문장을 곱씹었다. 오전에 읽은 칼럼 속 한 문장이었다. 은행에서 번호표를 뽑고 대기석에 앉아 있을 때였다. 인애는 책꽂이에 꽂힌 잡지 한 권을 무심코 집어들었다. 이십 년 넘게 부부 상담을 해온 정신건강의학과 의사가 쓴 칼럼이 눈에 들어왔다. 꾸준히 증가하는 이혼율과 심각한 수준의 저출산, 변화한 MZ세대의 결혼관에 대한 우려 섞인 충고를 현학적이면서도 두루뭉술하게 빚어놓은 글이었다. 결혼이란 자의로 타인의 결핍과 부채를 떠안는 일 아닌가? 결혼한 지 십삼 년이 된 인애에게 결혼의 정의는 그렇게 굳어져 있었다. 남편이 인애 삶의 증인이 되어준 적이 있던가. 증인이라면 증인이겠지, 서로의 밑바닥을 남김없이 목격했으니. 증인이란 어떤 사실을 목격하거나 증명하는 사람일 뿐, 온전한 내 편이 아닐 수도 있다는 사실을 이제 인애는 알았다. 인애는 칼럼에 실린 의사의 사진을 눈여겨봤다. 가지런한 머리 모양과 눈썹,

잔주름 하나 없이 팽팽한 이마와 눈가를 들여다봤다. 속 편한 소리를 참 고상하게도 하는구나. 인애는 입술을 샐쭉대며 실소했다가 은행에 앉아 있다는 걸 잊은 채 소리 내어 웃어버린 자신이 멋쩍어 괜스레 책장을 빠르게 넘겼다. 화장품 광고와 패션 트렌드에 관한 기사들을 대충 훑다가 한 사진에 눈길이 멈췄다.

사진 연작 '문 앞에 있는 사람'은 다양한 성별, 나이, 국적을 가진 열세 명의 모습을 담았다. 작가는 모델이 될 참여자들과 각각 세 차례 이상 만나 촬영 전 사전 인터뷰를 진행했다. 각자의 인생에서 가장 열기 두려웠던 문, 여전히 열지 못한 문에 관해 긴 대화를 나누고 기억 혹은 관념 속에 묻어뒀던 문을 참여자와 함께 시각적으로 형상화했다. 작가는 이 스케치를 바탕으로 스튜디오 벽면에 참여자만의 문을 그리고, 그 문 앞에서 참여자가 스스로 원하는 포즈를 취하게 했다. 참여자에게는 최소한의 지침만 줄 뿐 어떠한 요청도 하지 않았다. 다만, 촬영이 진행되는 동안 인터뷰 녹취록에서 추출한 참여자의 독백 음성을 스튜디오 안에 크게 틀어뒀다. 이로써 참여자는 자기 고백의 소리를 들으며 자신만의 내밀한 문 앞에 서게 되고 작가는 그 순간의 증인이 된다.

사회였다. 구 년 만에 마주한 사회의 옆얼굴.

첫번째 연작 〈#2046-1〉은 문 앞에서 무릎을 꿇고 두 손으로 문고리를 감싸고 있는 한 여인의 뒷모습을 포착한 사진이다. 여인은 문의 안쪽에서 문이 열리지 않도록 붙잡고 있는 것처럼 보이기도 하고, 반대로 문밖에서 문을 열지 말지 망설이고 있는 것처럼 보이기도 한다. 멈춰버린 시간 속에 붙박인 듯 무력하게, 혹은 무언가를 애원하는 듯 간절하게 보이기도 한다. 사진 속 여인은 작가 자신이다. 홍사희 작가는 말한다. "보는 시선에 따라 문 앞에 있는 사람의 모습과 감정은 모두 다를 겁니다. 그 하나하나의 시선이야말로 이 사진에 담겨 있는 온전한 진실이죠."

은행 업무를 마친 인애는 대기석 앞에 등을 돌리고 서서 옷매무새를 다듬었다. 서류를 갈무리해 가방에 넣은 뒤 밖으로 나왔다. 어깨에 걸친 가방끈을 꽉 움켜쥐고 앞만 보며 빠르게 걸었다. 훔칠 생각은 없었다. 그럴 이유도 없었다. 그런데도 식탁 의자 등받이에 걸어둔 인애의 낡은 가죽 가방 속에는 이미 사회의 기사가 실린 잡지가 들어 있었다. 인애는 열린 가방 사이로 삐죽 튀어나온 잡지를 흘겨보다가 끓어오르는 잼을 다급하게 주걱으로 휘저었다. 자꾸만 떠오르는 거품을 건

어냈다. 가스 불을 줄이고 딸기 양과 같은 비율로 설탕을 넣었다. 불그죽죽한 냄비 속으로 우수수 하얀 설탕 가루가 쏟아져 내렸다.

늦은 오후, 인애는 기차에 올랐다. 사희가 킨츠기 수업을 한다는 곳으로 가볼 작정이었다. 그곳에 사희가 있을지, 있다고 해도 만날 수 있을지 아무것도 알 수 없었지만 오늘이어야만 한다는 강한 끌림이 인애를 사로잡았다. 사희가 살아 있다는 사실을 두 눈으로 확인하고 싶었다. 아니, 확인해야만 했다.

*

개인전을 앞두고 언론사와 잡지사 몇 곳에 인터뷰가 실린 뒤로 다실을 찾는 손님이 늘었다. 승용차가 아니라면 기차역에서 택시를 타고 와야 하는 이 외진 마을을, 메뉴에 아메리카노나 치즈케이크도 없는 찻집을 멀리서 찾아오는 사람들이 사희는 고맙고 신기하면서도 한편으로는 떨떠름했다. 오랜 시간이 걸려 겨우 손에 쥐게 된 작은 평화가 깨지지는 않을까 두려웠다. 평화는 깨어지는 성질의 것이 아니지. 선생님이 옆에 있었다면 단번에 자신의 표정을 읽어내고 타이르듯 짚어줬을 거라고 사희는 생각했다. 아마 말끝에는 이런 단서를 달았을 것이다. 그게 진정한 평화라면.

내일 수업도 꽉 찼어요, 언니.

행주를 삶다 말고 규영이 말했다. 목소리에 들뜬 기색이 묻어났다. 여력이 될 때마다 비정기적으로 개설하는 일회성 수업인데도 언제부터인가 신청 인원이 꽉 차기 시작했다. 정기적인 수업을 개설할 계획은 없는지, 간이킨츠기가 아닌 혼킨츠기 수업을 열 의향은 없는지 묻는 메일이나 전화도 종종 받았다. 그러나 사희에게 킨츠기는 어디까지나 사진 작업을 잠시 내려놓고 쉴 수 있는 안식처 같은 것이었다. 적은 수지만 수강생들을 만나며 조금씩 세상과 연결되고자 하는 시도이기도 했다. 다실 살림을 도맡고 있는 규영이 수업 횟수를 늘렸으면 하는 바람을 은근히 내비친 적이 있었지만 사희는 내키지 않았다. 작업 숙련도가 아직 선생님에 비해 미흡한 수준이기도 했지만, 그보다는 메이고 싶지 않아서였다. 사진을 찍고 싶은 대상이 생기면 언제 어디로든 떠날 수 있는 상태로 지내고 싶었다.

사희는 물로 행군 다기를 탁자 위에 펼쳐놓고 하나하나 정성스레 닦았다. 다실에서 사용하는 차호와 숙우, 찻잔, 접시들은 전부 킨츠기 작업을 거친 것들이었다. 대부분 선생님 작품이었지만 규영과 사희가 작업한 것들도 여럿 있었다. 사희는 다기의 깨어졌던 틈을 메우고 칠해놓은 옻이나 금분, 은분이 벗겨지지는 않았는지 눈과 손끝으로 꼼꼼하게 확인했다. 한겨울의 마른 나뭇가지 같기도, 가뭄에 말라 갈라진 강바닥 같기도 한 그 얇은 흔적들을 더듬으며 사희는 자신이 통과해온 삶의 균열들을 되짚어보곤 했다. 그때마다 그 균열들이 더는 자신을 상처 내지 않는다는 것을, 아프기만 한 건 아니라는 사실을 새로이 감각했다. 온전함이란 바라보기에 따라 그 의미가 달라진다고 선생님은 말하곤 했다. 조금의 흠도 얼룩도 없이 깨끗한 상태가 온전함이라면 삶은 온통 수치와 불안일 수밖에 없다고도. 사희는 스스로에게 안부를 묻듯 찬찬히 다기를 닦고 정리하는 과정을 좋아했다. 하루의 끝에 찾아오는 이 시간을 위해 다실에 나와 일하는 거라고 해도 좋을 만큼.

할아버지가 내일 들르라던데, 언니 혹시 시간 돼요?

아침에 가볼게. 벌써 다 완성하셨대? 허리 불편하시다더니.

모르죠, 뭐. 물어볼 새도 없이 먼저 끊어서. 근데 언니한테 바로 전화하면 될 걸 왜 나한테 하는지 몰라, 할아버지는? 진짜 별나다니까요.

근데 규영, 너도 별난 거 알지?

제가요?

규영이 익살스러운 표정으로 시치미를 떼고는 행주를 탁탁 털어 건조대에 널었다. 사희는 그런 규영의 모습을 물끄러미 건너다봤다. 도도록하고 좁은 이마가 선생님과 똑 닮았다.

선생님 앞으로 킨츠기 작업 의뢰가 심심치 않게 들어왔다.

작업이 끝나면 댁에서 완성품을 받아와 깨지지 않도록 포장한 뒤 의뢰인에게 발송했다. 택배로 받는 게 걱정스러운 이들은 다실이나 선생님 댁으로 직접 찾아오기도 했다. 석 달 전쯤 의뢰받은 깨진 청화백자 화병이 이제야 새 모습을 갖추게 된 모양이었다.

선생님은 사희에게 처음으로 킨츠기를 가르쳐준 사람이었다. 마을에 작은 다실을 하나 갖고 있는데 손녀가 대신 맡아 운영하고 있다면서, 거기 딸린 집에서 지내며 일해보지 않겠느냐고 제안한 것도, 작품 도록에 실을 사진을 촬영해줄 수 있겠느냐고 청한 것도 선생님이었다. 도록을 계기로 사진 작업을 꾸준히 이어가게 되었으니 사진작가로서 이름을 알린 것 역시 어찌 보면 선생님 덕이었다. 육 년 전 여름, 축축한 안개에 싸인 새벽 저수지에서 귀신에 홀린 사람처럼 물속으로 걸어들어가던 사희를 저벅저벅 따라오던 발걸음, 허리까지 물속에 잠긴 채로 망연자실 서 있던 사희 앞에 자꾸만 풍덩, 풍덩 짱돌을 던지던 손짓도 선생님 것이었다. 그 새벽 선생님은 사희의 뒤통수에 대고 몇 번이나 소리쳤다.

깊어, 그만 가.

그것이 선생님이 사희에게 건넨 첫마디였다. 그 목소리를, 그 외침을 사희는 자주 떠올렸다. 수렁과도 같은 기억이 사희의 발목을 잡아끌 때마다, 벗어나려 애를 써도 잊을 만하면 다시금 그날의 안방 문 앞에 자신을 데려다놓는 고약하고 질긴 꿈을 꿀 때마다 사희는 중얼거렸다. 그만 가. 깊어, 그만 가.

만약 선생님을 만나지 못했더라면 그날 이후 자신의 삶이 어떻게 되었을지 사희는 짐작해보곤 했다. 흠뻑 젖은 채 도로 물기슭으로 올라왔을까, 그길로 차를 몰아 또 어딘가를 헤맸을까. 그도 아니면 뒤늦게 애꿎은 누군가에게 발견됐을까. 만약이라는 가정 속에서 사희의 지난 시간은 여러 갈래로 나뉘었고 그 끝에서 또다시 수많은 낱낱의 갈래로 뻗어나갔다. 무수하게 엮인 그물의 시작매듭에 그날의 장면이 있었다. 여전히 생생했다. 안방 문 앞에 서서 한참을 망설이던 자신이.

저수지에 이르기 전까지 사희는 이 년 넘게 전국을 떠돌며 지냈다. 누구와도 연락하지 않았고 휴대폰 번호도 바꿨다. 아무도 자신을 모르는 곳, 자신의 과거 따위 설명하지 않아도 되는 곳에 닿고 싶었다. 우선 기섭과 이혼하며 아파트를 정리한 돈으로 중고 사륜구동차를 장만했다. 예전 같았으면 눈길도 주지 않았을 투박한 디자인이었다. 간단한 캠핑 장비도 사들여 차에 실었다. 사희는 예전의 자신이라면 하지 않았을 일들을 해보고 싶었다. 평생 자신이라고 알고 여겼던, 단 한 번도 의심하지 않았던 자신으로부터 도주하고 싶었다. 되도록 멀리, 정반대의 어딘가로, 자신의 극단으로. 정반대로 향하려면 먼저 원래 방향을 알아야 했다. 본래의 홍사희, 홍사희라고 믿었던 자신의 위치를 정확히 파악해야만 했다.

사희는 매일같이 차를 몰고 마음 내키는 대로 달리다 멈췄다. 인적 드문 들녘과 습지, 바닷가와 산에서 걷고 주저앉고 기어오르고 다시 걸었다. 숨이 턱끝까지 차올라 마치 이 지상에 숨소리만 남은 것 같은 착각이 들 때면 자신의 위치가 조금은 선명해지는 것을 느꼈다. 그런 순간에 마주친 노을이나 해가 기울며 굴곡이 뚜렷해진 산등성이, 황금빛으로 빛나는 수평선은 더없이 아름다웠다. 사희는 원하는 곳이 나타나면 머물고 싶은 만큼 머물다 떠나기를 반복했다. 여행을 시작한 지 일 년쯤 흘렀을 때, 차 트렁크 구석에 처박혀 있던 필름 카메라를 꺼내들었다. 대학 졸업 이후로는 손도 대지 않았던 물건이었다. 그뒤로 담고 싶은 대상을 만날 때마다 사진을 찍기 시작했다. 일기를 쓰듯, 때로는 수행을 하듯 성실하게 셔터를 눌렀다. 황량하고 덧없는, 무위에 가까운 풍경을, 자신의 내면과 어딘가 닮은 대상들을 포착했다. 뷰파인더를 들여다볼 때 사희는 철저히 관찰자가 되었다. 자신이 이 세계에 속해 있는 것이 아니라 건너다보고 있다는 감각이, 거대한 세월의 흐름 속에서 할 수 있는 건 기껏해야 고작 찰나를 붙잡는 것뿐이라는 사실이 형용할 수 없을 만큼의 위안을 줬다. 카메라 가방에 현상하지 않은 롤필름들이 쌓여갔다. 그러나 그런 순간들에 기대어 버티다가도 불현듯 밑도 끝도 없는 우울과 무력감에 빠져들 때가 있었다. 결국에는 끊임없이 반복되는 기억에서 벗어날 수 없을 거라는, 자신에게 회복은 가당치도 않다는 절망이 사희를 물고늘어졌다. 절망의 이빨은 사납고 날카로웠다. 사정없이 사희의 심신을 물어뜯었다. 술이나 수면제 없이는 버틸 수 없는 나날이 사희를 송두리째 삼켜버리곤 했다. 끝내자, 다 끝내버리자는 각오로 차를 몰아 당도한 곳이 새벽안개가 자욱한 저수지였다.

그로부터 두 계절이 지난 한겨울의 저수지에서 사희는 그토록 찾아 헤매던 자신의 정반대, 즉 극단이라고밖에 표현할 수 없는 광경을 마주하게 된다. 스스로의 텅 빈 구멍에 대고 지르는 고함 같은, 줄곧 듣길 바랐던 소리를 듣게 된다. 차갑고 미끄러운 수렁 같던 저수지로 걸어들어갔을 때는 미처 알지 못했던 미래를 만나게 된다.

수년이 흐른 뒤에 사희는 선생님에게 물었다. 왜 그날 그 이른 시각에 저수지에 계셨던 거냐고, 왜 낯 모르는 이를 구해주셨느냐고. 선생님은 틈을 메워놓은 붉은 옻이 적당히 말랐는지 확인한 다음 붓끝에 금분을 묻혀 옻칠했던 자리에 부드럽게 펴 발랐다. 붓질에도 대답에도 서두르는 기색이 없었다. 금분을 다 바르고 붓을 내려놓고 나서야 선생님은 고개를 들었다.

　구해주긴 뭘 구해줘. 내가 누굴 구할 주제나 되나. 넌 살았
어, 나 아니었어도.

　사희는 붓과 금분을 정리하는 선생님의 손을, 손등에 도드
라진 힘줄의 굴곡과 그림자를 묵묵히 바라봤다. 선생님이 작
업대에 내려놓은 백자 찻잔은 단차 없이 매끄러웠다. 여러 조
각으로 깨어졌던 찻잔의 시간은 과거로 남아 금빛으로 은은하
게 빛났다.

*

　사희가 저수지 근처 상수리나무 두 그루 사이에 익숙하게
차를 세운다. 주차 공간처럼 모래가 너르게 다져져 있다. 사희
가 트렁크에서 카메라 가방과 삼각대를 꺼내고는 앞장서 걷는
다. 서걱서걱 모래 밟는 소리. 사희의 그림자를 밟으며 인애가
뒤따른다. 사희는 물가에서 멀지 않은 판판한 모랫바닥에 삼
각대를 박아 세우고 카메라를 세팅한다. 움직임에 군더더기가
없다.

　저수지는 얼어붙어 있다.

　저기, 저 아래가 낚시터.

　사희의 검지 끝이 가리키는 쪽으로 인애가 고개를 돌린다.

멀찍이 가건물과 천막이 여럿 보이지만 사람은 보이지 않는다. 키 큰 나무들에 둘러싸인 저수지는 숨겨진 요새처럼 어둑하고 고요하다. 사희가 손목시계를 확인하고는 뷰파인더를 들여다본다. 사희의 시선이 향한 곳에는 특별할 것 없는 회색의 겨울 풍경뿐이다. 사희가 사진을 찍는다. 단 한 번의 셔터 소리. 인애는 뷰파인더를 들여다보는 사희의 옆얼굴을 엿본다. 세수 후 거울에 비친 자신의 젖은 얼굴을 마주하는 사람처럼 무표정하다. 그 속을 헤아릴 수가 없다. 인애는 괜스레 발끝으로 모래를 허비적거린다.

여기 매일 와.

매일?

응. 같은 시간에 사진을 찍어.

똑같은 풍경을?

똑같은데, 안 똑같아.

사희가 카메라를 동영상 모드로 바꾸고 녹화 버튼을 누른다. 얼어붙은 수면 위로 햇살이 희미하게 비쳐든다. 수백, 수천 가지의 회색이 눈앞에 펼쳐져 있다. 두 사람은 말없이 저수지를 바라본다.

날 좋다.

흐리네.

그래서.

흐려서?

너무 화창하면 찡그리게 되잖아.

사희가 차에서 보온병을 가지고 온다. 보온병 뚜껑에 거무스름한 액체를 따라 인애에게 건넨다. 김과 함께 달콤한 냄새가 코끝에 닿는다. 직접 만든 대추청을 탄 거라고 일러주며 불면증에 좋대, 하고 덧붙인다. 인애는 차를 들이켜고 빈 뚜껑을 사희에게 내민다.

사희야.

사희가 고개를 돌려 인애를 본다.

왜 아무것도 안 물어?

응?

어제도 그렇고. 갑자기 찾아왔잖아, 내가.

인애는 차분하게 가라앉은 사희의 얼굴을 보며 예전의 사희라면 이런 순간에 장난스러운 표정을 지어 보이고 자신을 웃게 만들어줬을 거라고 생각한다.

비긴 걸로 하자. 나 한 번, 너 한 번.

사희가 보온병 뚜껑에 대추차를 따라 천천히 목구멍으로 넘긴다.

궁금하지 않아? 내가 왜 왔는지?

궁금하지. 그동안 어떻게 지냈는지.

거짓말.

고개를 푹 떨구며 사희가 소리 없이 웃는다. 마치 인애로부터, 함께 있는 현재로부터 앞서나가 있는 듯한 늙은 웃음.

그래. 거짓말인지도 모르겠다.

그때, 나한테 그냥 다 말하지 그랬어. 그랬으면……

달라졌을까?

……

사희가 인애를 가만히 쳐다본다. 정말 달라졌을 거라 믿느냐고 눈빛으로 묻는다. 인애는 사희의 눈을 피한다. 말문이 막힌다. 인애 역시 단언할 수 없다.

인애야.

응.

난 다 잊었어. 하나도 빠짐없이 기억하는데, 근데 다 잊었어.

사람이 어떻게 그래.

어떻게 안 그러겠어, 사람이 뭐라고.

그럴 수 있지, 사람이니까. 사희가 나직이 속삭인다. 사람이니까 그럴 수 있나. 인애는 속으로 되뇐다. 낮게 깔린 구름 뒤편에서 해가 떠올랐는지 사위가 조금씩 밝아온다. 칼바람이 사희와 인애 사이를 할퀴며 지나간다.

갈까?

뭐 찍으려던 거 아니야?

오늘은 아닌가봐.

사희가 카메라를 *끄고* 삼각대를 접는다. 인애는 보온병을
챙겨든다. 카메라 스트랩을 목에 걸며 사희가 묻는다.

저수지가 깨지는 소리 들어본 적 있어?

*

문이 열리고 쌀쌀한 공기와 함께 인애가 다실 안으로 들어
섰을 때 사희는 조금도 당황하지 않았다. 여느 때와 다름없는
얼굴이었다. 사희는 언제고 인애를 다시 만날 날이 올 거라고,
적어도 한 번은 마주하게 될 거라고 생각해왔다. 인애가 사희
를 찾아온다면 그건 사희가 인애에게 차마 말하지 못했던 일
들을 인애가 비로소 알게 됐다는 의미였다.

어서 와.

사희가 인사를 건네자, 인애는 곧 울음을 터뜨릴 것만 같은
얼굴로 사희를 쳐다봤다. 문 앞에 엉거주춤 서 있다가 둥근 나
무 탁자 자리로 가 앉았다. 영업시간이 끝난 후 규영이 먼저
퇴근을 한 터라 다실에는 사희와 인애 둘만 남았다. 간판 불을
끄고 블라인드도 내린 다실은 고즈넉했다. 사희는 인애 가까
이에 전기난로를 옮겨다놓고 차 우릴 준비를 했다.

보이차 괜찮아?

246

응.

물 끓는 소리가 다실 안을 가득 채웠다. 인애는 아무 말 없이 사희가 차판 위에 자사호와 숙우, 찻잔 두 개를 올려놓는 모습을 지켜봤다. 사희는 주전자에 끓인 뜨거운 물을 드립포트에 옮기고 그 물을 다시 자사호와 찻잔에 부었다. 차칼로 긴압된 숙차를 조금 떼어내 차칙에 담고, 자사호를 비워 찻잎과 물을 넣고 세차를 했다. 차를 우려내는 이십 초 남짓 동안 사희는 줄곧 차판만 내려다봤다. 인애는 사희에게 무슨 말이라도 꺼내고 싶었지만 호기롭게 기차에 올랐을 때와는 달리 의기소침해져 있었다. 다실에 앉아 탁자 표면에 또렷하게 남아 있는 오랜 흠집과 옹이 자국을 본 뒤에야 인애는 깨달았다. 자신이 반갑지 않은 불청객일 수도 있다는 것을. 인애가 다실에 들어선 순간부터 사희는 인애 발밑에 따라붙은 그림자를 보듯 과거의 기억을 떠올릴 수밖에 없다는 것을.

인애는 사희에게서 눈길을 거두고 다실 안을 둘러봤다. 깨진 도자기 조각을 활용해 만든 모빌과 갖가지 소품, 킨츠기 작품 들이 곳곳에 아기자기하게 자리하고 있었다. 조도가 낮은 노르스름한 조명등이 공간에 온기를 더했다. 사희는 세차한 찻물을 버리고 자사호에 두번째 찻물을 부은 뒤 차판을 들고 와 인애 맞은편에 앉았다. 자사호에서 우러난 찻물을 숙우에 담고 다시 두 개의 찻잔에 옮겨 따랐다.

멀지?

사희가 찻잔 하나를 인애 앞에 내려놓았다.

머네.

식기 전에 마셔봐.

사희가 먼저 찻잔을 입으로 가져갔다. 인애도 뜨거운 차를 한 모금 넘겼다. 다섯번째로 우려낸 차를 모두 마실 때까지 두 사람은 아무런 말도 하지 않았다. 자사호 뚜껑을 여는 소리, 찻물 따르는 소리, 찻잔을 내려놓는 소리. 그뿐이었다. 마주앉은 두 사람 사이로 소리가 되지 못한 무량한 말들과 헤아릴 수 없는 마음들이 밀도 높은 침묵이 되어 내려앉았다. 지난 구 년의 시간을 이미 말해버리고 벌써 들어버린 듯한 긴긴 침묵이.

나중에야 알았어.

너와 연락이 닿지 않은 지 삼 년쯤 지난 뒤에 잠깐 한국에 들어온 화정을 만났을 때, 그제서야. 워킹홀리데이를 떠났던 그애가 치위생사로 일하며 밴쿠버에서 살고 있다는 소식은 고모에게 전해들어 알고 있었지. 타국에서의 삶이 녹록지 않아서, 시차를 맞춰 연락을 주고받기에는 각자의 생활이 바빠서 내게 연락 한번 못 했다고만 생각했어. 살고 싶었던 나라에서 하고 싶은 일을 하며 잘 지내고 있으면 됐다, 그렇게 넘겨짚었지. 그땐 나도 아이를 도맡아 키우느라 정신없이 살았으니까.

화정이 만나자는 연락을 해왔을 때 왜인지 풀죽은 그애 목소리가 마음에 걸렸지만 크게 걱정하지는 않았어. 흔쾌히 약속 장소를 정하고 전화를 끊으려던 순간 그애가 고마워요 언니, 하고 말했을 때도 나는 눈치채지 못했어. 돌이켜보면 참 우스워. 그렇게 아무것도 몰랐다는 게.

내가 고모 집에 들어가 살기 시작했을 때 화정은 여덟 살이었어. 오 년을 한집에서 지냈지만 나이 차가 있는데다 같이 쌓은 추억이 많지 않아서 아주 가까웠다고는 할 수 없었지. 부모님이 이혼한 뒤 내가 격렬한 사춘기의 한가운데를 지나고 있기도 했고. 그래도 어린 그애가 엄마와 단둘이 살던 집에 내가 들어온 걸 무척 좋아했던 기억은 나. 학원이나 독서실을 핑계로 밤늦게 집에 들어오면 그애가 날 위해 남겨둔 꽈배기나 만두, 카스텔라 같은 간식이 식탁에 놓여 있었어. 인애 언니 거, 라고 쓰여 있던 조그만 색종이, 가지런히 개어 내 책상에 올려둔 양말, 생일이나 크리스마스면 꼭 건네줬던 직접 그린 카드. 화정은 조용하고 순한 애였어. 뜻하지 않게 일찍 어른스러워진, 내가 싫어하는 나의 어떤 면들을 빼닮은 아이.

아이가 어린이집에 가 있는 동안에 화정을 만나기로 했어. 그애가 집 근처 카페에 먼저 도착해 기다리고 있었어. 우리는 가볍게 포옹을 하고 밀린 안부를 묻고 서로의 달라진 점과 그대로인 점들을 짚으며 한동안 얘기를 나눴지. 근데 갈수록 그애 얼굴이 창백하게 질리는 거야. 자꾸 물을 들이켜고 손톱 주변 거스러미를 뜯으면서 안절부절못하는 거야. 나는 대수롭지 않게 시차 때문인가, 유난한 늦더위 때문인가 생각했지. 한국 와서도 푹 못 쉬었지? 내가 묻자, 그애가 머뭇거리다가 입을 열었어.

언니, 모르고 있는 거죠? 사희 언니가 아무 말 안 했어요?

사희야. 나는 자주 그날을 생각해. 네가 분양받은 아파트로 이사하고 집들이에 나를 초대했던 날을. 머릿속에서 수도 없이 그때의 일들을, 아주 사소한 부분까지 재생해보곤 해. 어디서부터 무엇이 잘못됐던 걸까 되짚어보는 거야. 그래봐야 소용없다는 걸 알지만 한번 그 생각에 빠져들면 도저히 멈출 수가 없어.

늦가을이었고 토요일 오후였지. 이제 막 돌이 지난 아이를 데리고 나갈 채비를 하고 있을 때 화정에게서 전화가 왔어. 서울에 볼일이 있어 왔는데 잠깐 얼굴이라도 보지 않겠느냐고. 오랜만에 온 연락이라 나는 잠시 망설였지. 화정을 그냥 보내기가 미안하기도 하고, 남편이 출장을 간 탓에 혼자 아이를 데리고 외출할 생각을 하니 막막한 참이기도 했거든. 일단 사희너한테 전화를 걸었어. 사정을 얘기하고 화정과 가도 괜찮겠냐고 물었지. 우리 셋은 오래전에 인사를 나눴고 두어 번 함께 밥을 먹은 적도 있었으니까. 너는 선뜻 같이 오라고 했어. 기섭씨도 좋아할 거라면서.

너와 기섭씨의 새집은 곳곳이 너다운 것들로 채워진, 네 취향이 짙게 묻어나는 정갈한 공간이었지. 나는 내심 너와 내 처지를 견주어보며 너를 부러워하고, 너를 부러워하는 나를 부끄러워했어. 우리는 집 구석구석을 구경하고 기섭씨가 준비한 샐러드와 라자냐, 파스타를 배부르게 먹었어. 그날따라 아이는 평소만큼 보채지도 않고 잘 놀았지. 오트밀색 러그가 깔린 거실을 신나게 돌아다니는 아이를 보면서 혼자 쓸쓸하게 웃었던 기억이 나. 디저트로 먹을 멜론을 자르고 있을 때 이른 눈이 내리기 시작했어. 우리는 한강이 내려다보이는 발코니 창가에 서서 눈 구경을 하며 그치기를 기다려보기로 했지. 근데 그치기는커녕 눈발이 갈수록 굵어져서, 눈이 더 쌓이기 전에 서둘러 집으로 돌아가기로 했어. 내가 기저귀 가방을 챙기고 있을 때 네가 기섭씨에게 속삭였지. 당신이 좀 데려다줄 수 있어? 택시를 타면 된다고 사양했지만 넌 고집을 부렸지. 아이까지 데리고 먼길을 와줬는데 그럴 수는 없다고. 우리는 기섭씨가 운전하는 차를 타고 눈발이 쉴새없이 흩날리는 도로를 느릿느릿 달려 집으로 왔어. 차 안에서 포근하고 고급스러운 향기가 나서 무슨 디퓨저인지 물었던 것도 생각나. 화정과 나를 빌라 입구에 내려주고 너는 차창 밖으로 손을 내밀어 명랑하게 흔들었어. 오늘 와줘서 고마워. 춥다, 얼른 들어가. 빌라

주차장에서 나도 아이의 손목을 잡고 흔들어 보였지. 사희 이모, 안녕. 안녕히 가세요.

그게 내가 기억하는 그날 일의 전부였어. 그날이 지금의 우리를 만든 빌미가 됐다는 걸 그땐 누구도 알지 못했지.

화정 그애는, 사희 네가 내게 직접 말하겠다고 한 말을 곧이곧대로 믿었던 모양이더라. 어쩌면 네게 미루고 싶었던 것인지도 모르지. 그동안은 내게 먼저 연락하기가 두려웠다고, 이번에 용기를 내 연락했는데 내가 그간의 일을 다 알고서도 반갑게 전화를 받아준 거라고 생각했다고 털어놨어. 맞은편에 앉은 그애가 두 손으로 얼굴을 가리고 울음을 터뜨리는데 솔직히 난 아무런 생각도 떠오르지 않았어. 도무지 이해가 안 됐거든. 그러면서도 동시에 그 모든 일이, 메워지지 않던 틈들이 눈앞에서 뚜렷해졌어. 삽시간에, 한꺼번에.

인애야.

인간은 도무지 이해할 수 없는 타인을 자신이 납득할 만한 서사로 바꿔서라도 받아들이려고 애쓰는 동물인 것 같아. 불가해하고 모순적인 사람을 있는 그대로 받아들이는 일보다 그편이 훨씬 덜 고통스러우니까.

오래전, 내가 네게 하지 못했던 말들은 사실 나 자신에게도 할 수 없는 말들이었어.

그거 아니? 자기 집 현관에서 낯선 신발을 목격한 사람은, 닫힌 방문 앞으로 다가가 귀를 기울여본 사람은, 귀를 기울이면서도 차라리 아무런 소리가 들리지 않기를 간절히 바라본 사람은, 식은땀이 흥건한 손으로 문고리를 잡은 채 영원을 살아본 사람은 그뒤로 전과는 전혀 다른 삶을 살게 된다는 걸.

안방 문 너머에서 두 개의 숨소리가 거듭 포개지며 거칠게 고조되고 있을 때 나는 숨을 죽이고 문 앞에 서 있었어. 문고리를 꽉 움켜잡은 채로 얼어붙어 있었어. 문고리를 돌려 문을 열어젖힌다면 내가 무엇을 맞닥뜨리게 될지, 눈앞의 광경이 나를 어떻게 바꿔놓을지 너무나도 무서웠거든. 문 너머에 감당할 길 없는 폭풍이 도사리고 있다가 기다렸다는 듯 나를 깡그리 삼킬 것만 같았거든. 그런 순간에도 나는 나를 생각했어. 지켜내고 싶은 나의 안위, 나의 자존, 나의 미래 따위를. 훗날의 내게 지워지지 않을 가혹한 기억을 남기고 싶지 않다는 일념. 그건 알량한 자존심이거나 현실 부정, 인지부조화였는지도 모르지. 인애야, 갈등 끝에 내가 뭘 했는지 아니. 노크를 했어. 중지를 구부려 두 번. 문 너머가 잠잠해졌지. 소름이 끼칠 만큼 순식간에. 얼마 지나지 않아 문 안쪽에서 딸깍, 문을 잠그는 소리가 들려왔어. 그 미세하고 태연한 소리가 얼어붙어 있던 나를 산산이 깨뜨려버렸어. 딸깍. 간단하고 쉽게, 완전히.

왜 끝내 그 문고리를 돌릴 수 없었는지, 있는 힘껏 문을 내리치고 고함을 지르고 악다구니를 쓰며 기섭의 이름을 외치지 않았는지, 당장 문을 열라고 요구하지 않았는지, 그 모든 것에 관해 나는 생각하고 또 생각했어. 그때 문 너머에서 기섭과 화정이 어떤 얼굴을 하고 있었을지를, 딸깍, 문을 잠근 그 손은 누구의 것이었을지를 끊임없이 상상했어. 상상하고 싶지 않아도 멈출 수가 없었어. 매일 밤 얕은 잠 속에서 나는 또다시 그날의 문 앞에 서고, 땀이 밴 내 축축한 손바닥이 얼음처럼 차가운 문고리에 들러붙어. 문은 콘크리트처럼 단단하고 흔들림이 없어. 손을 떼야 할까. 손을 떼면 살갗이 뜯기고 찢어져 피가 나겠지. 아플까. 아프겠지. 문고리의 한기가 온몸을, 내 존재를 매번 변함없이 얼어붙게 만들어. 꿈은 몇 번이고 되풀이돼. 꿈이 반복되는 것인지, 내가 꿈을 반복하는 것인지 알 수가 없게 돼. 세월이 흐르고 나서야 나는 알게 돼. 멈출 수 없는 생각과 꿈이 실은 그날 끝내 문고리를 돌리지 않은 나 자신에 대한 대가라는 걸. 문을 열어젖혀 그 안을 들여다보지 않았는데도 결코 피할 수 없는 내 몫의 지옥이라는 걸.

지옥을 끝내는 방법은 오직 하나뿐이라고 믿었던 적이 있어. 내가 기섭을 놓아줘야만 이 지옥이 끝난다고 생각한 적도 있고.

지금의 나는 인애야, 기섭을 놓아주는 것이 아니라 온전히 놓치기로 했어. 내가 그를 놓아줄 만큼 움켜쥔 적이 없다는 사실을 인정하기로 했어. 한 톨의 양심도 없이, 그가 이 세계 어딘가에서 살아 숨 쉬고 있기를 바라기로 했어. 육 년 전 겨울 저수지에서 나는 그러기로 선택했어.

마지막을 생각했던 저수지의 그 자리에서, 난생처음 저수지가 깨지는 소리를 들었어. 뭐라 설명하기 어려운 소리였지. 얼어붙은 저수지 표면으로 햇살이 서서히 비쳐들고 있을 때였어. 새 울음소리 같기도, 알 수 없는 전자음 같기도 한 소리가 어디에선가 들려왔지. 소리는 수면 밑에서 연이어 울려퍼졌어. 저수지의 왼쪽 끝에서부터 오른쪽으로 계속해서 이어졌어. 아. 나도 모르게 탄성을 내질렀지. 무심코 뱉은 탄성을 들으며 내가 아직 무언가에 감응할 수 있는 인간이라는 사실이 징그러웠고 동시에 기특했어. 뜻밖의 농담을 들은 것처럼 피식 웃어버렸지. 얼었던 저수지는 깨지며 마치 외계로부터 도착한 전파 같은 소리를 만들어냈어. 머나먼 외계에서 보내는 신호나 암호일까. 미지의 생명체가 울부짖는 소리일까. 그도 아니면 온기의 기척일까. 그런 실없는 상념에 한동안 빠져들어 있다가 알아차렸지. 지금 눈앞에서 깨지고 부딪히며 작게 쪼개져 흘러가고 있는 것이 실은 나 자신이라는 걸. 이제는 예전으로 돌아갈 수도, 전과 같을 수도 없다는 걸. 다가올 미래에는 내가 완전히 다른 방식으로 이 세계를 이해하게 되리라는 것을 예감했어. 그 파동이 내 안으로 번져올 때까지, 그리고 내 안에서 잦아들 때까지 저수지를 마주보며 오래도록 서 있었어. 그곳에서 인애 너를 생각했어. 네게 이 저수지를 보여주고 싶다고, 저수지가 깨지는 소리를 꼭 한번 들려주고 싶다고. 언젠가 널 만나게 되면 이런 나를 털어놓고 싶다고.

끝끝내 두 사람은 오랫동안 담아뒀던 말들을 서로에게 하지 않았다. 마지막으로 우린 차를 마시며 숙차와 생차에 관해, 간이킨츠기와 혼킨츠기, 조지아 오키프와 수레국화와 수관기피, 내일 오후 기차 시간표에 관해 드문드문 두서없는 이야기를 나눴을 뿐. 사회가 다실 정리를 마무리하는 동안 인애는 선반 위에 전시된 개완에 남아 있는 가느다랗고 붉은 옻 자국을 가만히 매만졌다. 인애의 눈에 그것은 마치 따뜻한 피가 도는 핏줄처럼 생기 있어 보였다.

*

아직 바람이 싸늘한 늦겨울, 볕이 다사로운 날이다. 인애는 털모자와 장갑, 무릎 담요로 무장한 채 휠체어에 앉아 더 가까이 가보자고 속삭인다. 바퀴가 모래에 묻혀 휠체어가 더디게 나아간다. 이름 모를 새가 저수지 수면 위로 낮게 날아간다.

손녀가 물가에서 돌멩이 하나를 주워 저수지로 던진다. 도르
르 돌멩이가 구른다. 아가, 이리 와. 와서 들어봐. 손녀는 겉옷
에다 손바닥을 문질러 닦고 거죽만 남은 인애의 손을 잡는다.
보드랍고 싱싱한 아이의 손. 얼마 지나지 않아 인애와 딸 내
외, 손녀는 저수지 앞에 멈춰 서서 얼음이 쩍 갈라지고 깨지는
소리를 듣는다. 뭐라 설명하기 어려운 소리, 다른 차원을 여는
듯한 소리다. 조각조각 깨진 얼음들이 떠내려가며 더 작은 조
각들로 깨어져 흘러가는 광경을 지켜본다. 수면 안팎으로 퍼
져나가는 파동에 귀를 기울인다. 잦아드는 듯하다가 다시 시
작되는 그 소리가 자신의 질긴 목숨을 닮았다고 인애는 생각
한다. 인애는 한 사람을 떠올린다. 오래전에 잃은 사람, 안 시
간보다 모르게 된 세월이 훨씬 더 길어진 그이의 얼굴을. 인애
는 자신 안에서 닳고 닳아 반질반질 윤이 나는 단단한 호두알
같은 슬픔을 발견한다. 언젠가 꼭 저수지가 깨지는 소리를 들
어보라고 했던 사회를 눈앞에 그려본다. 소리가 어떤데? 인애
의 물음에 사회는 잠시 생각에 잠겼다가 대답한다. 들으면 알
게 될 거야.

춥진 않아? 딸이 묻는다. 손녀가 인애의 파리한 얼굴을 가
만히 쳐다본다. 눈이 부신지 손으로 이마 위에 자그마한 손차
양을 만든다. 할머니 울어요? 인애는 마른 입술을 앙다물고
힘겹게 고개를 젓는다.

비로소 인애는 깨닫는다. 아주 오래전 사회를 만나러 가기 위해 기차에 올랐던 늦은 오후, 충동이라고만 믿었던 그 열띤 감정이 실은 충동이라는 가면을 쓴 채 오랫동안 자신을 속여 왔다는 것을. 깨달았다고 딱히 달라지는 것은 없었다. 그 해진 가면을 늦게나마 벗겨볼 수 있었을 뿐. 마침내 인애는 감정의 진짜 얼굴과 마주했다. 주름이 파이고 검버섯이 피기 시작한 노쇠한 그리움. 역시나 마주했다고 달라진 것은 없었다. 아무 런 소용없는, 때늦은 용기인지도 몰랐다. 하지만 과연 정말로 그런 일에 불과한지는 누구도 알 수 없었다.

햇빛 아래에서 실눈으로 저수지를 건너다보던 인애가 지그시 눈을 감는다. 얼음이 산산이 깨지는 소리를 들으며 생각한다. 깨어짐은 온기의 기척이구나.

인애에게는 아직 시간이 있다. 물론 마지막 날숨을 내뱉기까지 일 년 정도가 남아 있다는 구체적인 사실은 알지 못한다. 그럼에도 인애는 자신이 뒤늦게 직면한 감정의 맨얼굴이 죽음과 죽음 이후의 상태를 전혀 다른 지점으로 데려다놓을 거라고, 그것이 자기 삶의 최후 변곡점이 될 것이라고 직감한다. 그 순간, 인애의 마른 입술 사이에서 새어 나온 한숨이 저수지를 지나는 바람결을 따라 번져간다. 어김없이 찾아올 새 봄으로.

시간 관찰자 시점

안서현(문학평론가)

"지나간 것은 지나간 대로 그런 의미가 있죠"(전인권, 〈걱정 말아요 그대〉, 2004)라는 노랫말에 위로받을 때가 있다. 크고 작은 일들, 그 모호한 의미와 그 사건이 유발한 복잡한 감정에서 멀찍이 물러나 여일하게 흐르는 시간을 바라볼 때 해방감을 느낀다. 안윤의 소설이 독자에게 위안을 주는 까닭은 이처럼 사건에서 시간으로의 초점이동을 선사하기 때문이다.

『모린』의 인물들은 시간의 관찰자다. 그들은 풍부한 전사前史를 갖고 있으며, 자신과 타인의 과거를 그것의 의미와 감정에 거리를 둔 채 '바라본다'. 이때 시간을 '바라본다'는 것은 비유적인 표현이 아니다. 소설 속 인물들은 시간의 흐름을 지켜볼 수 있는 장면과 풍경 속에 오래 머문다.

안윤 소설의 독자들 역시 시간의 관찰자가 된다. 그의 소설에서 가장 중요한 행위자는 시간이다. 독자는 주요 인물들이 맺는 관계나 그들 사이에서 일어나는 사건보다도 인물의 마음과 시간 사이의 화학반응, 즉 감정과 시간이 어우러지며 생겨나는 무늬와 결정結晶을 살펴본다.

안윤의 소설에서는 서술자도 시간의 관찰자이다. 인물과 사건에 초점을 맞추어 이야기를 이끌던 서술자가 어느 순간 서사적 현재를 채용하면서 시간의 흐름을 전경화하고, 시간 그 자체를 독자가 느끼게 한다. 더 나아가, 서술자가 곧 시간의 시선으로 인물들을 바라보는 것처럼 느껴지는 때도 있다. 소설집 전반에 흐르는 시간이라는 주제가 더욱 돌올해지는 순간이다.

이처럼 『모린』의 세계에는 시간을 바라본다는 주제가 흐르고 있다. 엄밀한 이론적 근거를 지닌 용어라고는 할 수 없으나, 서술자가 인물과 사건을 초월한 시간의 관찰자로 나서서 인생을 조망하는 시선을 독자들에게 제공한다는 의미와, 시간이 곧 주인공의 관찰자가 된다는 의미를 동시에 담아, '시간 관찰자 시점'이라는 제목하에 수록작들을 읽어보기로 한다.

시간을 보이게 하는 법

시간을 바라보는 이야기라는 말에 걸맞게, 안윤의 소설은 길고, 느리고, 또 멀다. 인물들은 길게 사랑하고 오래 그리워하며, 말과 행동이 섣부르지 않고, 자신과 상대를 쉽게 훼손할 수 없을 정도의 안전거리를 유지한다. 형식 면에서도 마찬가지다. 단편소설이면서도 이야기의 타임라인이 길고, 사건의 전개가 완만하며, 서술자가 인물의 내면에 밀착하기보다는 거리를 두는 편이다.

「작은 눈덩이 하나」의 일인칭 주인공 의선은 길게 붙잡고 있었던 삶의 한 시기가 끝내 멀어지는 것을 느낀다. 스무 살부터 스물다섯 살까지 친구 세진과 함께 살며, 그가 속한 대학의 영화 동아리 사람들과 인생의 한 시기를 보낸 의선은 이후로도 그들의 초대에 응하여 종종 함께 어울린다.

그중 의선이 비밀스럽게 마음을 준 이가 준수다. 의선은 그에게 단편영화 제작비의 일부를 빌려준 사실을 아무에게도 말하지 않고, 집안 사정과 미래에 대한 고민으로 힘들어하는 그의 마음을 헤아려 자신의 마음에 대한 답변을 재촉하지도 않는다. 의선은 준수의 사정으로 제때 응답받지 못한 자신의 마음을 혼자서 정리한다. 준수에 대한 의선의 태도는 길고 느리고 먼, 안윤식의 사랑을 보여준다. 오랫동안 "그 일을 그저 내

안에 가만히 놓아두"(150~151쪽)었다가 눈덩이와 함께 내려
놓으면서 비로소 작별한다.

영화감독 지망생 준수는 타르콥스키 영화처럼 시간을 담아
낼 수 있는 예술적 형식을 고민한다. 그가 책을 읽으며 밑줄을
그은 문장처럼("그렇다. 시간은 영화 속에서 편집의 힘으로 흘
러가는 것이 아니고, 편집을 했음에도 불구하고 흘러가는 것이
다", 148쪽). 그는 인위적인 조작과 무관하게 영화 속에서 재
현되는 시간에 매료된다.

준수는 거실에 장비 가방을 내려놓고 한동안 높다란 창문을
올려다보았다. 그는 창으로 들어오는 빛줄기와 거실 바닥에 떨
어진 빛을 더 담고 싶다고 했다. 그가 촬영을 하는 동안 나는
뒤에 서 있다가 손이 필요할 때면 다가가 거들었다. 고요한 집
에서 준수와 나는 숨소리를 죽인 채 카메라 너머의 빛을 오랫
동안 지켜보았다. 서서히, 환하게 빛나던 햇빛이 어둠으로 바
뀌어갔다.(147쪽)

의선의 집에서 영화를 찍으며 두 사람이 바닥에 드리우는
햇빛을 바라보는 장면은 어떠한 인위적인 형식과도 관계없는,
혹은 인위적인 형식을 덧씌웠음에도 자연스럽게 흘러가는 시
간의 관찰이다. 필름 조각 속 남자처럼 무언가를 찍는 존재가

되려 했던 준수의 시간, 영화와 점점 멀어지는 준수의 마음을 이해하려 애쓰며 오래 멀리서 그를 지켜봐온 의선의 시간, 사회초년생과 사년제 대학생이라는 각자의 위치에서 서로를 존중하는 방법을 고민했던 두 사람의 시간은, 두 사람이 각자와 서로의 정체성을 확인하고 그것을 지지할 수 있을 만큼의 거리를 지켜온 시간이다. 결국 이 소설은 따로, 그리고 함께 시간을 바라보았던 사람들의 이야기다.

「작은 눈덩이 하나」에서 의선과 준수가 빛과 어둠이 교차하는 미장센을 통해 시간을 바라보았던 것과 마찬가지로, 「하지」「틈」의 인물들 또한 해가 지는 풍경 속에서 시간을 바라본다. 「하지」 속 두 친구는 "오월은 푸르구나, 우리들은 늙는다"(183쪽)라는 가사처럼 지나온 시간의 길이를 의식하는 주체가 되었다. 비로소 과거를 "전시장 벽에 걸린 커다란 그림을 보듯 몇 걸음 뒤로 물러나 거리를 두고 바라볼 수 있"(196쪽)게 된 것이다. 그 바라봄은, 서울에 올라온 후 근 이십 년 동안 각자의 자리에서 애써왔지만 돌연한 증상의 발현으로 좌절했던 과거에 대한 애도이기도 하다.

그 무엇도 예상할 수 없고 확신할 수 없다. 다만, 내가 캠핑의자를 펴고 해변 한가운데에 자리를 잡고 앉아 매일 두 눈으로 직접 확인하는 사실이 있다. 낮이 점점 짧아지고 있다는 것.

나는 안다, 때가 되면 다시 점점 길어지리라는 것을, 어김없지만 전과는 같지 않을 낮이.(214쪽)

수림은 지언과 함께 떠난 이별 캠핑에서 보상 없이 흘러간 시간을 '바라보'는 방법을 배운다. 그는 귀향한 이후로도 매일 저녁 캠핑 의자에 앉아 해가 지는 광경을 바라보며 세상에는 "이유가 없"(209쪽)는 일이 있다는 사실을 받아들인다. 그것은 방관이나 관조와는 다르다. 자기 인생의 궤적과 곡절을 편안히 바라볼 수 있을 정도의 시야와 거리를 갖게 된 것이다. 소설이 얻은 '하지'라는 제목은 바로 인생의 한 변곡점을 지나는 순간을 의미한다.

시간이 태도가 될 때

안윤의 인물들은 관계의 적정 거리에 민감하다. 그들은 연인이 된 후에도 각자 자기 자신으로 남아 있다. 상대방에게든 자신에게든 무엇을 바꾸거나 이해시키려고 애쓰지 않고 각자와 서로의 정체성을 있는 그대로 두고, 또 받아들인다. 그리고 관계에서 파생한 감정과 의미로부터 최대한 거리를 두려 한다.

「모린」역시 오랜 시간에 걸친 관계의 역사를 다룬다. 선주와 영은, 그리고 미란과 보현에게는 오랫동안 서로의 곁을 지키면서도 미묘하게 어긋나 친구로 남게 된 관계의 역사가 있다. 영은과 미란이 연인이 되기 위해서는 이들이 지나온 시간을 바라보는 '먼' 시선이 필요하다. 이 이야기는 사랑이 시작되기 위해 필요한 시간, 두 사람이 각자와 서로의 과거를 바라보는 길고 느린 시간에 초점을 맞춘다.

지금은 내가 첫 장부터 마지막 장까지 모두 읽고 녹음했다는 사실이 멀게만 느껴진다. 늦은 저녁, 영은의 어깨에 기대어 시간 가는 줄 모르고 책을 읽던 그때의 나도 멀다. 믿기지 않는다. 요제프 코발스키의 목소리가 작은 책이 되었다가 훗날 내 목소리로 읽힐 때까지 걸린 긴 세월처럼. 그런데도 책장을 넘기면 영은과의 시간이 고스란히 거기에 있다.(28~29쪽)

시간을 보는 이 눈길이 그대로 하나의 태도가 된다. 미란은 이를 통해 비장애인인 자신과 장애인인 영은의 관계가 서로에게 돌봄과 속박이 되어선 안 된다는 것을 배운다. 미란과 영은이 시각장애인 복지관의 자원봉사자 보수교육에서 처음 만났다는 사실이 의미심장한 것은, 이 시간에 익히는 거리 감각이 두 사람의 관계에 꼭 필요하기 때문이다. 의식적으로 팔꿈치를 드는 대신 자연스레 팔꿈치를 내주면, 상대방이 그 팔꿈치를 살짝 잡는 것이 두 사람의 적정 거리이다. 두 사람이 다시 서로에게로 향하기 위해 준비해야 하는 것도 이 거리다.

이 소설에서 가장 인상적인 것은 시간이 필요하다는 미란의 말에 대한 영은의 대답이다. 그는 시간이 얼마나 필요한지를 물으며, "걸릴 만큼 걸리려나요"(20쪽) 하고 덧붙인다. 영은의 말은 감정과 의미로부터 자유롭다. 자신의 불안과 혼란으로 상대를 끌어들이지도, 상대방이 한 말의 의미를 파고들지도 않는다. 다만 자신과 상대방 두 사람이 함께 속해 있는 시간을 의식하게 만든다. 여기에 안윤 소설이 제시하고자 하는 관계의 윤리가 있다. 함께한 시간이 누적되는 만큼 감정과 의미로 상대방을 옭아매지 않으려면, 이렇게 한발 물러나 두 사람이 공유하는 시간을 바라보는 일이 필요하다.

아무 말 없이 세 계절을 기다린 영은은 "밤알에서 새싹이 나 자라는 동안에도 씨앗 껍질이 썩어 사라지지 않고 오랫동안, 길게는 삼 년까지 남아 있기도 한다"(45쪽)는 이야기를 듣고 미란을 떠올렸다고 말한다. 떨어져 있는 동안에도 그가 자신에게 오롯하였다는 사실과 함께, 사랑하면서도 각자로 남아 있을 수 있다는 영은의 관점을 함축함으로써 미란에게 용기를 주는 말이다. "하지만 난 알고 있어요. 미란씨가 그 이름(모린—인용자)일 필요도, 그렇게 불릴 필요도 없다는 걸요"(같은 쪽)라는 말처럼, 그는 자신의 환상 속에 상대를 포섭하고 가두지 않는다.

「담담」은 이번 소설집을 관통하는 원리인 길고 느리고 먼 세계의 미학과 윤리를 잘 구현하고 있다. "담담"이라는 말은 두 사람이 나누는 음식, 즉 설렁탕의 맛에 대한 표현이기도 하지만, 각자와 서로의 과거와 그 의미, 그것과 결부된 감정에 거리를 두는 태도를 나타내는 말이기도 하다.

우리는 헤어지고 만나고 헤어지고, 그걸 반복하고, 마침내 서로를 지우기로 한다. 시린 헤드라이트 불빛 속에서 한 시절의 기억을 단단히 묶어두었던 질긴 끈이 너무나도 쉽게 끊어진다. 조금도 소중하지 않은 것처럼, 어떻게 되든 상관없는 것처럼 방치했던 기억, 차라리 그렇게 하찮은 것이 되기를 소망해서 내 안 깊숙이 가둬놓았던 마흔네 번의 계절이 한꺼번에 내게로 쏟아져내렸다.(113쪽)

폭풍우와 같았던 전 연인과의 과거를 혜재는 파노라마처럼 바라본다. 밀착된 관계 속에서 누적된 감정이 지금도 그를 압도한다. 그러나 혜재는 과거에 현재가 잠식되도록 내버려두지 않는다. 그의 윤리는 소설 속 표현으로 바꾸어 말하면 "섣부르지 않은 태도"(110쪽)이다. 시간을 바라보면서 갖게 되는

인생의 세부에 대한 거리는 곧 감정과 의미로부터의 해방을
뜻한다. "담담"은 안윤 소설 전반에 깔려 있는 이 태도, 또는
세계관을 의미한다.

이 세계관을 담아낸 결정적 한마디가 있다. 혜재가 바이섹
슈얼이라고 고백했을 때 은석의 대답인 "그리고요?"(100쪽)
는 한 사람의 정체성이 단일하지 않고 혼종적이며 교차적이라
는 사실을 전제한다. 혜재와 은석은 이 정체성 속에 각자 머문
다. 바이섹슈얼 또는 유가족이라는 "가장 중요한 정체성"(같은
쪽)과 결부된 감정을 여전히 경험하지만, 그 폭풍우 속으로 상
대와 함께 들어가려 하지 않는다. 서로의 정체성에 대해 캐묻
지도 않는다. "있는 그대로의 사실을 털어놓는 일과 서로를 이
해하는 일, 한 사람을 아는 일 간에 정확히 어떤 상관관계가 있
는지"(121쪽) 의문을 갖는 두 사람은, 정체성과 결부된 각자
와 서로의 영역을 '비밀'로 남겨둔다. 그것이 바로 "담담"의
태도라 할 수 있다.

「핀홀」에서 보라의 태도 역시 그가 시간과 맺어온 관계와
연관되어 있다.

오늘도 계획한 만큼 작업 속도를 내지 못했다. 이번주 내내
손이 무거워 바느질이 더뎠다. 꼬박 다섯 시간을 앉아 있었는
데 조각천을 스무 장도 잇대지 못했다. 의뢰받은 퀼트 담요를

완성하려면 어린아이 손바닥만한 천을 백 장은 더 잇대야 했다. 꿰매는 작업은 재봉틀로 하는 게 훨씬 간편하지만 보라는 공방을 열 때부터 손바느질만을 고집했다.(58쪽)

보라가 어렸을 때부터 즐겨 해온 일이자 직업으로 삼고 있는 일은 오랜 시간을 들여서 헝겊을 마주 꿰매야 하는 퀼트이다. 기계를 쓰면 금방인데도 손바느질을 고집하는 사람인 만큼, 보라는 시간에 대한 남다른 태도를 갖고 있다.

그가 연인 승원의 감춰진 형 정원의 이야기를 듣고 정원이 오랜 기간 지냈던 장애인 거주 시설에 방문하는 등 진실을 대면하려 애쓴 것도 오래 공들이는 태도에서 비롯한다. 승원의 가족을 수놓은 퀼트 작품을 완성하기 위해서라도 그는 빈 곳에 무엇을 채워넣어야 할지를 알아야 했던 것이다.

그러나 승원은 보라와 다르다. 두 사람은 연애 시절 서로에게 장애인인 가족이 있다는 사실과 재혼 가정의 자녀라는 사실을 숨겼는데, 보라는 승원에게 자신의 비밀을 털어놓았지만, 승원은 시간을 내어 보라에게 자신의 문제를 이야기하거나 가족들에게 정원을 배제하지 말자고 설득하는 성실성을 보이지 않는다. 오히려 정원을 소외시키는 가족공동체를 묵인하고 그들과 함께해왔다. 두 사람의 차이는 보라가 해결할 수 없는, 작지만 메울 수 없는 구멍, 즉 "핀홀"로 남는다. 보라는 시간을 들여 손바느질하듯 구멍과 구멍을 잇고자 하지만, 이 구멍은 무엇으로도 결코 이을 수 없다는 것을 깨닫는다.

「또,」에도 역시 시간의 윤리화를 보여주는 인물 수진이 등장한다. 수진은 일 년밖에 남지 않은 행복주택 퇴거 기한 때문에 초조감을 겪고 있다. 여기에 더해 주거 문제로 스트레스를 받던 끝에 세상을 저버린 전 연인에 대한 기억을 바탕으로 전세 사기 피해자인 강주임의 처지에 공감한다.

수진은 강주임에게 자신을 비롯한 직장 동료에게 지나치게 속마음을 드러내지 말라고 조언한 적 있을 만큼 그와 적정 거리를 유지하려 노력한다. 그렇지만 강주임이 전세 사기를 당한 후에 수진은 그 선을 넘어 그에게 다가간다. "할 수만 있다면"(172쪽). 전 연인에 대한 그의 마음은 바로 강주임에 대한 태도가 된다. 이렇게 그가 한 발짝 내디딤으로써, 수진과 강주임 두 사람은 공감대를 형성하게 된다. 피해자의 지인과 피해 당사자로서 각자에게 들려오던 서로 다른 소리가 합쳐져 들리는 것을 경험한다. 이 소리 '또, 왜'는 주거 문제에 대해 두 사람이 함께 내는 목소리이기도 할 것이다.

시간의 시선이 메우는 틈

「틈」은 『모린』 전반에 흐르는, 길고 느리고 먼 시선이 작중의 인물들만이 아니라 소설의 서술자도 공유하는 것임을 보여준다. 이 소설은 화정과 얽히며 멀어져버린 인애와 사희 두 사람의 이야기다. 인애는 사희가 자신과 거리를 두는 이유도, 사희에 대한 제 마음의 진실도 알지 못한 채 긴 시간을 통과한다. 이후로도 그것들을 이해할 때까지 인애는 오랜 세월을 필요로 한다.

그로부터 두 계절이 지난 한겨울의 저수지에서 사희는 그토록 찾아 헤매던 자신의 정반대, 즉 극단이라고밖에 표현할 수 없는 광경을 마주하게 된다. 스스로의 텅 빈 구멍에 대고 지르는 고함 같은, 줄곧 듣길 바랐던 소리를 듣게 된다. 차갑고 미끄러운 수렁 같던 저수지로 걸어들어갔을 때는 미처 알지 못했던 미래를 만나게 된다.(241쪽)

소설의 서술은 종종 시제를 서사적 현재로 바꾸면서 두 사람의 인생을 줌아웃 한다. 원거리에서 두 사람을 관찰하는 서술 방식, 즉 두 사람이 겪는 사건보다 시간의 흐름에 초점을 맞추는 이야기 방식은 독특한 미적 효과를 거둔다.

마치 킨츠기로 금이 간 그릇의 틈이 메워지듯 두 사람의 사이는 긴 시간에 의해 모종의 이해와 화해의 순간에 도달한다. 그것은 인애가 저수지가 깨지는 소리를 듣는 마지막 장면이다.

햇빛 아래에서 실눈으로 저수지를 건너다보던 인애가 지그시 눈을 감는다. 얼음이 산산이 깨지는 소리를 들으며 생각한다. 깨어짐은 온기의 기척이구나.
인애에게는 아직 시간이 있다. 물론 마지막 날숨을 내뱉기까지 일 년 정도가 남아 있다는 구체적인 사실은 알지 못한다. 그럼에도 인애는 자신이 뒤늦게 직면한 감정의 맨얼굴이 죽음과 죽음 이후의 상태를 전혀 다른 지점으로 데려다놓을 거라고, 그것이 자기 삶의 최후 변곡점이 될 것이라고 직감한다.(258쪽)

인애는 사희가 저수지에서 "울부짖는 소리"를 들은 것이 아니라 "온기의 기척"(255쪽)을 느꼈다는 것을 확인한다. 긴 시간 동안 숨겨진 채 농익어온 마음을 비로소 대면한다. 그리고 독자는 인애의 죽음과 그 이후까지 포함한 시간을 바라보게 하는 서술의 전지성에 의해 두 사람의 인생과 사랑 전체를 조망하는 시선을 얻는다.

뷰파인더를 들여다볼 때 사희는 철저히 관찰자가 되었다. 자신이 이 세계에 속해 있는 것이 아니라 건너다보고 있다는 감각이, 거대한 세월의 흐름 속에서 할 수 있는 건 기껏해야 고작 찰나를 붙잡는 것뿐이라는 사실이 형용할 수 없을 만큼의 위안을 줬다.(240쪽)

　매일 "똑같은데, 안 똑같"(243쪽)은 풍경을 찍는 것은 시간을 바라보는 사희만의 방식이다. 그의 태도 역시 이 '시간의 바라봄'에서 나온다. 그것은 자신의 경험을 섣부르게 의미나 감정으로 환원하지 않는 "담담"한 태도이다. 독자는 긴 시간 동안 관찰자로 존재한 인물의 마음을 상상하며, 길고 느리고 먼 소설의 시간을 함께 지나게 된다.

　시간을 '바라보는' 장면들, 그 '바라봄'을 관계에 대한 태도로 바꾸어내는 인물들을 통해 작가는 고유한 사랑의 원리를 제시한다. 각자와 서로가 지나온 시간을 바라본다는 것은 자신과 상대가 지닌 정체성의 모든 국면을 존중하는 태도다. 이와 함께 안윤의 소설은 친밀성을 '가까운 관계'나 '내밀한 것을 공유하는 일'로 이해하는 단순성에서 벗어나 각자와 서로의 역사를 있는 그대로 받아들이기 위해 적절한 거리를 두는 일로 재정의한다. 그저 다정한 것이 아니라 담백한 다정함이고, 그저 친밀한 것이 아니라 산뜻한 친밀함이라고 말할 수 있겠다. 안윤의 이번 소설집은 이야기의 여러 층위에 등장하는 시간의 관찰자들을 통해 길고 느린 것을 지향하는 관계의 윤리에 대한 탐구와 서사문학이 시간성과 결합하는 개성적 방식의 발견을 동시에 성취하고 있다.

작가의 말

일곱 편의 이야기를 모으는 사이에 사 년이 흘렀다.
팬데믹과 전쟁, 수많은 참사가 이 세계를 할퀴는 동안
나는 대부분 책상 앞에 앉아 있었다.
그 시간이 믿어지지 않을 때가 있다.

이야기가 무엇을 할 수 있나, 대체 무슨 힘이 있나
스스로에게 되묻던 깊은 밤마다
할 수 있는 일이 있을 거라는
사람과 세상을 끝내 냉소하지는 않겠다는
희박한 마음을 붙들고 이 이야기들을 썼다.

내가 이야기를 지었다고 생각했지만, 실은
이야기가 내 삶을 지어주었다는 것을
여기, 오늘에 이르게 해주었다는 것을
소설집을 묶으며 뒤늦게 알아차린다.

책을 만드느라 애써주신 문학동네의 여러분
힘을 보태주신 조해진 작가님과 안서현 평론가님
긴 여정을 함께해주신 방원경 편집자님
언제고 이 책을 읽을 분들 모두에게
감사를 전한다.

이 이야기들이 누군가에게 읽히고
잠시나마 그와 연결될 수 있다면
그것으로 충분하다.

마음을 다해 감사드린다.

2024년 겨울 문턱에

안 윤

| 수록 작품 발표 지면 |

모린 ······ 『팔꿈치를 주세요』(큐큐, 2021)

핀홀Pinhole ······ 문학웹진 림LIM 2023년 6~7월 연재

담담 ······ 『자음과모음』 2023년 겨울호

작은 눈덩이 하나 ······ 웹진 비유 2022년 11월호

또, ······ 『현대문학』 2023년 7월호

하지夏至 ······ 문장 웹진 2023년 8월호

틈 ······ 주간 문학동네 2024년 10월호

문학동네 소설집

모린

ⓒ 안윤 2024

초판 인쇄 2024년 11월 22일
초판 발행 2024년 12월 5일

지은이 안윤
책임편집 방원경 **| 편집** 임고운 정은진
디자인 김이정 최미영 **| 저작권** 박지영 형소진 최은진 오서영
마케팅 정민호 서지화 한민아 이민경 왕지경 정유진 정경주 김수인 김혜원 김예진
브랜딩 함유지 함근아 박민재 김희숙 이송이 김하연 박다솔 조다현 배진성
제작 강신은 김동욱 이순호 **| 제작처** 천광인쇄사

펴낸곳 (주)문학동네 **| 펴낸이** 김소영
출판등록 1993년 10월 22일 제2003-000045호
주소 10881 경기도 파주시 회동길 210
전자우편 editor@munhak.com **| 대표전화** 031) 955-8888 **| 팩스** 031) 955-8855
문의전화 031) 955-2696(마케팅) 031) 955-1901(편집)
문학동네카페 http://cafe.naver.com/mhdn
인스타그램 @munhakdongne **| 트위터** @munhakdongne
북클럽문학동네 http://bookclubmunhak.com

ISBN 979-11-416-0122-5 03810

www.munhak.com